春芽工程系列

中国婴幼儿身心成长指南

0~3岁宝宝同步成长评测

中国关心下一代工作委员会专家委员会　编写

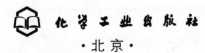
化学工业出版社
·北京·

本书为"春芽工程系列"图书中的一册，为中国婴幼儿身心成长指南0～3岁宝宝同步成长评测篇。

本书详尽介绍了0～3岁宝宝各个阶段的身体和心理发育状况和科学评价方法，针对各个阶段宝宝列出了大运动、精细动作、社会交往、认知能力、语言能力的测查项目，并给出了贴心的测查记录表，指导父母科学评价宝宝发育，促进宝宝健康成长，是婴幼儿父母必读育儿宝典。

图书在版编目（CIP）数据

中国婴幼儿身心成长指南：0～3岁宝宝同步成长评测/中国关心下一代工作委员会专家委员会编写. —北京：化学工业出版社，2011.6
（春芽工程系列）
ISBN 978-7-122-11095-4

Ⅰ.中… Ⅱ.中… Ⅲ.①妊娠期-妇幼保健-基本知识②分娩-基本知识③婴幼儿-身心健康-综合评价
Ⅳ.①R715.3②R714.3③R174

中国版本图书馆CIP数据核字（2011）第071145号

责任编辑：邹朝阳　肖志明　　　　装帧设计：尹琳琳
责任校对：徐贞珍

出版发行：化学工业出版社（北京市东城区青年湖南街13号　邮政编码100011）
印　　装：化学工业出版社印刷厂
710mm×1000mm　1/16　印张13¼　字数166千字
2011年8月北京第1版第1次印刷

购书咨询：010-64518888（传真：010-64519686）　售后服务：010-64518899
网　　址：http://www.cip.com.cn
凡购买本书，如有缺损质量问题，本社销售中心负责调换。

定　　价：30.00元

编辑委员会

每小时我国有2000名新生儿诞生。过去，一直以为新生儿是无所作为的，父母只要尽心喂养即可，而教育对这一年龄的孩子并没有什么重要意义。但这一观点已被近二十年来的科学研究成果所否定。其实，喂养、教育等各种教养方式，对于孩子来说是一段综合性历程，它承载着传授知识、培训技能、发现潜能及促进身心全面发展的重任。研究证明，在生命的最初阶段，感知觉系统正在迅速发展，并在比运动系统更发达的层次上发挥其机能。婴儿正是通过运动模式和感觉经验，在与特定的环境事件的联系中进行辨认学习，表现出他们特有的感觉运动智能，而且早期的经验对其一生的发展将产生重要影响。

近年来，婴幼儿早期教养的重要性越来越被国家、社会和家庭所重视。我国政府制定了2020年教育发展规划，号召全社会为造就高素质人才而努力。随着国民经济的提高，社会和家庭对婴幼儿教养的需求也与日俱增。尤其是孩子的营养、喂养得到极大提高，还有越来越多的城市家长认识到了早教对孩子发展的重要性，全国掀起了一股早教热潮。从1998年开始掀起的早教热潮，在这几年尤为兴盛。婴幼儿期是身心健康发展、形成良好个性、培养行为习惯的关键期，将决定日后成长的众多重要方面，也决定了中国下一代的素质。因而教育在早期即向0～3岁婴幼儿延伸具有重要的战略意义。

遗憾的是，我们发现两类家长大量存在。一类是不懂也不管孩子教养的家长，他们主要是来自农村的年轻父母，没有早期教养的意识。他们的父辈用传统的方法教养他们，现在时代发展了，他们却依然用最传统的方式养育自己的下一代。另一类是过分重视孩子教养的家长，他们多半是在城市生活和工作的父母，一心想让孩子赢在起跑线上，拔苗助长、过度教养造成孩子超负荷所带来的各种隐患。

在中国，城市与农村存在着一定的经济差别，但是人们并不希望看到在教养上也存在着这种差距。应该做到让农村与城市的孩子有着公平的机遇。要做到这点，新的任务正摆在我们面前：0～3岁婴幼儿教养实践亟须科学理论的支持，又亟须合理实证的支撑，还需要积极在城乡推广。一句话，需要适合中国国情的婴幼儿教养方法。

究竟应该如何合理教育、科学喂养0～3岁的孩子？

从生理、心理发展来看，从出生到3岁的婴幼儿正处于大脑重量的快速增长时段，大脑的构型与身体各部分功能的有机联系正在缜密增强和完善，尤其是功能方面向高层次及更深空间发展。在此阶段儿童在感觉、运动以及与此有关的技能掌握和进展方面都有明显的提高。在此基础上所反映出来的大脑综合功能的有序性发展已有相应的、可快速测查的客观标志。这些都为婴幼儿体能及心理的良好发展创建了必要的条件。而且，这个阶段脑和中枢神经系统的增长及功能的实现远较身体其他部位更快和更完善，从而为创建以中枢神经－内分泌系统为中心导向的生理代谢模式提供必要条件。因而为满足婴幼儿身心全面健康发展的需要，必须为其提供和创建必要的环境条件，科学合理喂养及适龄保健就是其中的重要基础。

胎儿自出生直至幼儿期经历从流食到固体食物喂养等阶段，这段自然发展时段有其内在的因素和规律，如唾液腺及胃肠道腺体的发育，出牙，肝、胆、胰腺功能的成熟，肠道良性微生态的建立和机体内环境的稳定等。遵循这个规律创建条件结合儿童具体情况进行合理喂养及保健就可取得事半功倍的实效。为大脑及中枢神经系统的发展及功能成熟，协调和处理好这段时期的喂养、膳食调理工作以及维护能量及营养素供求间的稳定、平衡关系，是婴幼儿才智运用、健康发展及拓展潜能的关键所在。

胎儿出生后即通过自身感觉器官感受所获得的信息，在经过脑－中枢神经相应部位接收、整理、分析、投射至相关功能区并经过网络统合后，在已经取得的生活经验基础上，对所获得的信息进行搜寻、对比，以找出过去环境中是否有同样的人或物体（或类似主体）的信息（刺激）记录，做出或不做出是否熟悉这一信息的相应反应。这种反应和应答也是在形体发育及运动发展过程中所获得经验的基础上作出的。所有这一切都与这一时期大脑的快速增长和功能进一步成熟有密切关系，这种与环境交往、互动并借此增进认知、累积经验的过程被广义地理解为教育过程，根据婴幼儿生理特点而设计并开展的教育也就是早期教育。接受教育是新生儿与生俱来的本能，科学合理的早期教育则是充实智慧、开启儿童潜能的重要途径。这也是中国关心下一代工作委员会专家委员会编写"春芽工程系列"丛书的期望。

我们希望通过本丛书，为社会公众建立一套可依循的跨学科的、全面的、客观的婴幼儿教养理论，建立一套易于操作实践的科学方法。在全社会的关心下，让婴幼儿健康快乐地成长，成为身心全面发展有益于社会、为国家创立功勋的人才。

本丛书具备如下特点。

1. 让父母在实践中体会教养理论及其运用。关于0～3岁婴幼儿早期教养理论与实践的研究国家早已列入日程，它迫切需要解决的问题是将科学成果通过教育和实践转化为城乡居民自己的行为。为此，我们在书中提供了较多的实践操作指导，如婴儿的抚触、婴幼儿早期发展的自我评价等。

2. 严谨科学的态度让家长有据可依。我们在本丛书中引用了大量的数据和图表，严谨的数据及图表便于家长很好地操作和比对应用。这些数据都是我们在多种标准的数据中精心选择的，为了这些数据，专家委员会经过严谨的专题会议研讨。例如，为读者提供不同喂养方式下（母乳喂养及不确定喂养）婴幼儿各自参照应用的标准，以及为便于家长对营养失衡婴幼儿的营养健康状态做出一次性直接判读，借以区分及评价体重低下、发育迟缓、肥胖及消瘦等状况的相应数值。尤其是关于婴幼儿心理发展的评价，按照月龄结合中国婴幼儿特点详尽地做出判断的依据，为家庭自我评价提供适合我国儿童的可靠参数。

3. 跨学科的科学教养指导手册。中国关心下一代工作委员会专家委员会和儿童发展研究中心组织了来自保健、医疗、心理、营养、法律等各行各业的从事并关注下一代健康发展的优秀资深专家，专家们就各自的专业所长，以月龄为基础就婴幼儿整体发展态势，在形体增长、智能发展、营养保健等多方面讲述该月龄的特点及应注意事项，使读者获得该儿童作为一个完整个体的全面综合的知识信息。

本书在编写过程中得到中国关心下一代工作委员会组织指导。参加本书编写工作的除编委会的各位专家外，还有：车廷菲、张静、牟龙、楼晓悦、强燕平、李微、何丹、丰怡欣、刘玲玲、赵献荣等老师，借此机会，谨致以诚挚谢意。

中国关心下一代工作委员会专家委员会
2011年夏

导 言　婴幼儿发展评价的应用　1

第一章　形体增长评价　9

第二章　心理发展评价　　59

导　言
婴幼儿发展评价的应用

孩子自从出生直到发育成一个社会化的人，是一个复杂而漫长的过程。在这个过程中生理上不断地成熟，心理上不断地社会化。具体说就是：随着年龄的增长，儿童身长不断地增高，体重不断地增加，各个器官、系统不断地成熟。随着神经系统的发育成熟，儿童在智力、心理、情绪、个性行为特征以及社会适应能力方面不断成长变化，这个过程就是"儿童发展"。成长中的儿童是否能保持健康的状态，不仅关系到他们当前的身体发育和智力发展，而且还关系到他们的未来乃至终身。

 ## 什么是"发展评价"

既然发展关系到未来乃至终身，那么对孩子发展现状的了解就成为每个家长的愿望。对孩子发展现状了解和评量的过程就是"发展评价"。比如：女孩1岁5个月，身高80厘米，体重10千克，那么这个孩子不高不矮，不胖不瘦，身高与体重比率正合适，是个标准体型的女孩。这是根据孩子的身高、体重对其体格发育做出的评价。

再比如对语言发展的评价：一般情况下，10～14个月的孩子会叫爸爸妈妈了。但是，如果一个孩子已经1岁半（18个月）了，可是他还不会叫爸爸妈妈，就表明这个孩子语言表达的发展水平低于常态，还不如14个月的孩子。

要提示家长的是，对孩子发展现状进行评价是有根据的，或者说是有一把"衡量尺子"的。这把尺子就是这个年龄阶段孩子应该出现的正常行为，我们称其为年龄特点。我们用年龄特点这把尺子与儿童发展现状作比较，就会得出以上结果。

　　概括地说：评价就是观察、倾听、记录和比较儿童发展状态或某项行为的过程。是以正常的发展水平或行为模式为标准（尺子），来比较观察到的状态或行为，并将结果用年龄表示出来。它是评价儿童神经系统的完善程度和功能的手段，因此有较强的专业性，能够较为准确地判断儿童的发展水平。通过观察和倾听，还可以发现儿童的潜在能力、兴趣等方面的情况。

为什么要进行评价

　　① 评价数据可以为您提供关于儿童成长与发展的一般信息，如通过评价了解自己孩子的状态：体格发育怎样？运动、语言、认知、情绪怎样？不仅有利于父母全面、客观地了解自己孩子的发展状态，有目的、有针对性地为孩子提供促进发展的环境和活动，还可以用于超常儿童和发展迟缓及其他问题儿童的早期发现，为早期干预奠定必要基础。

　　② 连续不断的评价可以追踪儿童的成长和发展过程，长时间记录儿童发展的变化与进步，获得孩子在成长过程中一切变化的

综合信息，为选择促进孩子成长的措施提供客观依据。

③ 通过评价明了中枢神经系统的功能，识别神经肌肉或感觉系统是否有缺陷，对一般的孩子可以了解他的优势或不足，及早发现健康儿童微小的发育偏离，以便进行有针对性的教育。

④ 通过评价可以洞察儿童的兴趣和性格类型。这对于父母和养护者做出正确的应对很有用处。如果你了解了一个孩子，满足他的需要就变得容易多了。比如，一个反应强度高的孩子，虽然会惹大人生气，但是如果你了解他的性格特点，你就不会以同样的强度对待孩子，而是尽力了解孩子的真正要求并冷静地对待。

 ## 评价由谁来做

如果评价是为了诊断，一定要由专业人员来做。因为评价的操作过程是一方面，更重要的是对结果做出判断和解释，只有具备儿童发展专业知识、广泛且扎实的心理学理论和儿童发展问题临床经验的专业人士，才有可能胜任此工作。

如果评价是为了了解儿童的发展现状，做到心中有数，更好地进行教育，家长自己也可以进行评价。但是家长的评价结果只能作为进行教育的参考，也利于早期发现孩子存在的问题。

什么时候做评价？需要定时吗

无论出于什么目的，给孩子做评价都应该在孩子吃饱、睡足、心情好，尤其是精神最好的时候进行。从时间上来看，上午10点左右，下午3点左右为好。

评价测验不可做得太勤，一般1岁以内每3个月做一次就够了，1～2岁、2～3岁每半年一次也就可以了。如果在家由家长做，也可以稍微勤一些。

是否一定都要现场做

有些项目是反映孩子即时水平的，比如搭积木的高度、动手的速度等，这类项目一定要现场做。有些项目，一旦学会了就不会倒退，这样的项目就可以用询问家长的方式进行，比如宝宝8个月了，是否会挥手表示"再见"；宝宝14个月了，是否会"模仿做家务"等。我们将对这类项目——做出标记。

某个项目通不过怎么办

发现自己的孩子某个项目未达标，家长不必惊慌，这种情况常会发生。因为每个年龄阶段只有几个项目来评估孩子的某种能力，而每一个年龄阶段的实际年龄可以前后相差1～3个月，甚至6个月。因此对年龄偏小的孩子来说，出现通不过的项目，就是很平常的事了。

如果有通不过的项目怎么办呢？请你在1个月或2个月后重新评价这个项目，也许很容易就通过了。

 ## 测评器材和玩具的准备

首先要准备测量身高、体重的器材，如家用体重计、量身高的皮尺以及某些特殊的玩具。所谓特殊就是对玩具有一定要求，否则测试的结果没有可比性。本测验最常见的玩具有小丸、积木、球和形状板。一般用葡萄干代替小丸；积木需要边长2.5厘米的正方体；直径约10厘米的红色线球；形状板可用厚一些的硬纸板自己制作，方法如下：用一块硬纸板，在纸板上分别画出边长为5厘米的正方形一个，边长为5厘米的等边三角形一个，直径为5厘米的圆形一个。用裁纸刀将这三个几何形状裁下，纸板上留下空洞。将挖下的正方形、三角形和圆形收好，留作测评使用。

关于记录

　　测试后，家长要将测试结果填写在测查表中，以便前后比对，并为孩子留下宝贵的成长记录（记录表参见书末附录）。

　　这些都准备好了，测评工作就可以正式开始！

第一章

形体增长评价

儿童营养与健康状况评价的意义

人体依靠摄取食物以维持自身的生存并繁衍后代。人体的营养状况反映所摄取食物中的营养素及其在体内的利用代谢和消耗排出两者之间的动态平衡。了解处于生长发育过程中儿童的营养状况是评价其健康水平的一个重要组成部分。对儿童进行营养状况评价的目的，在于了解该儿童每天所摄食的各种营养素的利用效果，摄入的能量与代谢消耗之间是否达到合理的平衡。即不仅要了解所摄食的各种营养素的质与量，还要了解所吸收营养素在体内的生物利用率如何，以及由此反映出来的摄食与消耗之间的平衡是否合乎健康要求，并以此为基础改进儿童的膳食营养和不断提高营养管理质量及儿童健康水平。

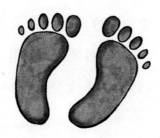

儿童生长发育特点

 体重

在合理喂养及保健支持下，儿童，尤其是婴幼儿，身体各组织、器官和各个系统乃至于整个身体的大小及重量都在不断地增加，这些变化都属于生长范畴。发育则是指身体某部分及整体在形态上的改变、各组织细胞的分化及器官功能的完善，和各系统在中枢神经系统协调下发挥整体功能的成熟过程。儿童生长发育有其自身的规律，一般是年龄越小生长发育越快。反映儿童生长发育的主要指标有体重及身高（长），婴幼儿还包括头围。体重是人体全身总重量的标示，它反映近期营养状况和（或）检测当时营养状态受慢性和（或）急性因素影响的程度。

在正常喂养情况下，体重增加的速度与月龄关系密切。以2005年中国九市7岁以下儿童体格发育测量值为参考，以城区为例，生后第1个月男婴平均增重1780克、女婴增重1490克；在3

个月龄末男女婴体重较出生时分别增加1.15倍及1.03倍。

对体重的评价通常是将某儿童历次按时记录的实测体重值与全国同年龄同性别儿童参考值进行比较，或与国际通用参考值作比较，以考量该儿童的营养状况。目前是根据我国2005年全国调查结果对0～7岁儿童进行评价，或依据2006年WHO母乳喂养儿参考值对5岁以内母乳喂养儿童进行评价。为考量本地区动态变化，有时也使用本地区大范围调查结果作为地区参考值。

身高（长）

身高是站立体位测量的数值；身长是平卧体位测量的数值。身高是评价体格发育的一项重要项目，也是反映骨骼系统增长的一个常用指标。许多因素都会影响身高的增长，在长期作用因素中遗传是重要因素。短暂的营养障碍即使对体重有很大影响，一般不致影响身高；但长期营养不良会使身高增长减慢或停滞。

身高（长）增长的规律和体重增加的规律相似，年龄越小增长越快，尤其是生后3个月。以2005年中国九市7岁以下儿童体格发育调查中城区男婴参考值（下同）为例，出生后前半年身长共增加19.4厘米，而前3个月即增加12.9厘米，占前半岁增加值的66.5%；半年内月平均增加值为3.23厘米。女婴出生后前半年身长共增加18.4厘米，前3个月增加12.3厘米，占前半岁增加值的

13

66.8%；前半年月平均增加量为3.07厘米。

后半年男婴身长共增加8.5厘米（占全年增长值30.5%），后半年内月平均增加量为1.42厘米。女婴后半年身长共增加8.7厘米（占全年增长值32.1%），后半年内月平均增加量为1.45厘米。

评价身高（长）发育状况时，其参考值的来源同体重评估。

 头围

头围是指自眉弓上方最突出处，经枕外隆凸（头颅枕部的骨结节）绕头的周长。

出生时头围平均约34厘米，男婴约大于女婴0.5厘米，头围平均大于胸围1～2厘米。头围在生后前3个月增长最多，第一年增长最快，1岁时头围增至46.5厘米，1岁以内每月平均增长1厘米。1岁以后每年增加约1厘米，2岁时约48.5厘米，3岁时约49.5厘米，以后增幅减小。后囟门在出生后3个月左右闭合，前囟门在生后18个月左右闭合。

头围的增长主要与脑和颅骨的发育有关。它是评价婴幼儿形体生长的重要指标，并间接反映颅内脑组织增长情况。但是头围及头颅外形的大小并不反映智能水平，少数疾患由于颅内容物或颅内压力的改变也可引发头围的异常增大。2005年中国九市城区7岁以下儿童头围测量值见表1-1。

表1-1　2005年中国九市城区七岁以下儿童头围测量值

（平均值±标准差，cm）

年龄组	城区		郊区	
	男童	女童	男童	女童
初生～3天	34.5±1.2	34.0±1.2	34.3±1.3	33.7±1.3
1个月～	38.0±1.3	37.2±1.3	38.0±1.4	37.2±1.2
2个月～	39.7±1.3	38.8±1.2	39.8±1.3	38.8±1.3
3个月～	41.2±1.4	40.2±1.3	41.1±1.4	40.1±1.2
4个月～	42.2±1.3	41.2±1.2	42.2±1.3	41.2±1.3
5个月～	43.3±1.3	42.1±1.3	43.2±1.2	42.1±1.3
6个月～	44.2±1.2	43.1±1.3	44.2±1.3	43.1±1.3
8个月～	45.3±1.3	44.1±1.3	45.2±1.3	44.0±1.3
10个月～	46.1±1.3	44.9±1.3	46.0±1.3	44.7±1.3
12个月～	46.8±1.3	45.5±1.3	46.4±1.3	45.2±1.3
15个月～	47.3±1.3	46.2±1.4	46.9±1.3	45.8±1.3
18个月～	47.8±1.3	46.7±1.3	47.5±1.2	46.4±1.3
21个月～	48.3±1.3	47.2±1.4	47.9±1.3	46.8±1.3
2.0岁～	48.7±1.4	47.6±1.4	48.4±1.3	47.3±1.3
2.5岁～	49.3±1.3	48.3±1.3	49.0±1.3	47.9±1.3
3.0岁～	49.8±1.3	48.8±1.3	49.3±1.3	48.3±1.3

乳牙萌出时序

乳牙在胚胎期间逐渐发育形成，隐藏在颌骨之中，因此乳牙质地良莠与孕妇营养状况有直接关系。孕妇应在孕中期开始注意骨胶原、钙、磷等矿物质以及维生素D、维生素A、维生素K的合理摄入及维持其平衡，这对婴幼儿乳牙的健康发育有重要作用。

乳牙的萌出既受先天因素的影响，也因婴儿营养素摄入量以及个体的差异而有不同。一般情况下，婴儿在后半岁萌出乳牙。出牙的规律通常是：牙齿左右对称萌出、先下后上。正常婴儿在1周岁末有6～8颗乳牙，2～2.5岁时乳牙全部出齐，共20颗，其萌出时间可参见表1-2。

表1-2　婴幼儿乳牙萌出时间顺序

名称	个数	萌出时月龄	乳牙总数
下中切牙	2	5～10	2
上中、侧切牙	4	6～14	6
下侧切牙	2	6～14	8
第一乳磨牙	4	10～17	12
尖牙	4	18～24	16
第二乳磨牙	4	20～30	20

形体检查及结果评价

单项指标评价儿童身高和体重的注意事项

这是用单项指标评价儿童身高和体重的方法，使用时要注意以下几点。

① 用于评价的数值必须是准确、真实的检测数据。也就是说，用标准的方法所测得的身高和体重值才有评价意义。

② 选用国际公认的、标准的体格发育参考值以资比较。目前我国采用的有：对5岁以下母乳喂养儿童选用《2006年世界卫生组织母乳喂养5岁以下儿童体格发育参考值》作为参照系统，参见表1-3；对7岁以下不确定喂养方式的儿童，可用2005年中国九市城郊7岁以下儿童体格发育测量值作为参照系统，参见表1-4、表1-5。

③ 评定方法：将受检儿童体重、身高的检测值与同性别同年

17

（月）龄儿童的标准参考值进行比较，是评价健康状况的常用方法。在评价儿童形体成长时，要注意个体的生理差异，当受检儿童测量值处于（标准参考）平均值±1倍标准差范围内时，一般是正常的变异。但要注意，这只代表某一次检测当时的状况，如果以此作为评定该儿童营养状况及生长发育水平并得出结论，则有其局限性甚或失误。因此，按一定时间间隔连续进行检测，并以此次测量值及其连续各次测量值连线的趋向性与同性别同年（月）龄儿童的标准参考值曲线进行比较，在评价健康方面则更有意义。

④ 对检测值的评价：体重是评价体格发育的重要项目之一。体重的改变与营养状况密切相关，尤其反映近期营养状况，借此可以较早发现儿童生长偏离正常的情况。但由于体重增加的速度在一年中并不均匀，通常在夏初生长速度较快、秋季较慢，因此检测间隔不宜过长，以免遗漏快速增长阶段所增加的体重。

身高是评价体格发育的另一个重要指标，也是反映骨骼系统增长的一个常用指标。实际上有许多因素影响儿童身高的增长，一般来说，在长期起作用的因素中遗传是重要因素。短暂的营养障碍即使对体重有很大影响，通常不致影响身高；但长期营养不良会使身高增长减慢或停滞，对体重的影响就会更大。

在监测时，既要将所得测值与该儿童自身过去测量值作比较，也要与我国现阶段全国儿童检测的参考值作比较，同时，应该与世界卫生组织（WHO）参考值作比较。后者代表当前世界儿童体格发育情况，为了确认我国儿童在世界儿童参考值中所处的位置，卫生部要求以2005年我国九市7岁以下儿童体格发育测量值为参照，并以儿童自身测量值与此参照值及世界卫生组织相应参考值作对比，通过比较来说明我国儿童体格的发育情况。

⑤ 我国各地儿童保健机构也都印制有儿童生长发育监测图。它是促进婴幼儿健康成长和自我保健的有效参照工具，可供家庭作自我检测及判读结果时使用。

对不同年龄段儿童身高(长)及体重的评价

对出生后用不同喂养方式喂养的婴幼儿应分别选用不同的单项指标参考值进行评价，分述如下。

1. 母乳喂养儿童

应选适用于母乳喂养儿的《2006年世界卫生组织母乳喂养5岁以下儿童体格发育参考值》，这是世界卫生组织（WHO）用6年的时间在巴西、加纳、印度、挪威、阿曼及美国这六个国家中，依据以母乳喂养为基础的8440名在无烟环境中生长的健康儿童的观察实测数值所制订的5岁以下儿童生长标准，也是当今世界各国的应用标准。为便于参考应用，在此将其中体重及身高数值整理后汇集于表1-3。

表1-3　2006年世界卫生组织母乳喂养5岁以下儿童体格发育参考值

年龄组	男童		女童	
	体重（kg）	身高（长）（cm）	体重（kg）	身高（长）（cm）
初生～3天	3.34 ± 0.15	49.9 ± 1.9	3.23 ± 0.14	49.1 ± 1.9
1个月～	4.47 ± 0.13	54.7 ± 1.9	4.19 ± 0.14	53.7 ± 2.0
2个月～	5.57 ± 0.12	58.4 ± 2.0	5.13 ± 0.13	57.1 ± 2.0
3个月～	6.38 ± 0.12	61.4 ± 2.0	5.85 ± 0.13	59.8 ± 2.1
4个月～	7.00 ± 0.11	63.9 ± 2.1	6.42 ± 0.12	62.1 ± 2.2
5个月～	7.51 ± 0.11	65.9 ± 2.1	6.90 ± 0.12	64.0 ± 2.2
6个月～	7.93 ± 0.11	67.6 ± 2.1	7.30 ± 0.12	65.7 ± 2.3
7个月～	8.30 ± 0.11	69.2 ± 2.2	7.64 ± 0.12	67.3 ± 2.3
8个月～	8.62 ± 0.11	70.6 ± 2.2	7.95 ± 0.12	68.7 ± 2.4
9个月～	8.90 ± 0.11	72.0 ± 2.2	8.23 ± 0.12	70.1 ± 2.4
10个月～	9.16 ± 0.11	73.3 ± 2.3	8.48 ± 0.12	71.5 ± 2.5
11个月～	9.41 ± 0.11	74.5 ± 2.3	8.72 ± 0.12	72.8 ± 2.5
12个月～	9.65 ± 0.11	75.7 ± 2.4	8.95 ± 0.12	74.0 ± 2.6
13个月～	9.87 ± 0.11	76.9 ± 2.4	9.17 ± 0.12	75.2 ± 2.6
14个月～	10.10 ± 0.11	78.0 ± 2.5	9.39 ± 0.12	76.4 ± 2.7
15个月～	10.31 ± 0.11	79.1 ± 2.5	9.60 ± 0.12	77.5 ± 2.7
16个月～	10.52 ± 0.11	80.2 ± 2.6	9.81 ± 0.12	78.6 ± 2.8
17个月～	10.73 ± 0.11	81.2 ± 2.6	10.02 ± 0.12	79.7 ± 2.8
18个月～	10.94 ± 0.11	82.3 ± 2.7	10.23 ± 0.12	80.7 ± 2.9
19个月～	11.14 ± 0.11	83.2 ± 2.8	10.44 ± 0.12	81.7 ± 3.0
20个月～	11.35 ± 0.11	84.2 ± 2.8	10.65 ± 0.12	82.7 ± 3.0
21个月～	11.55 ± 0.11	85.1 ± 2.9	10.85 ± 0.12	83.7 ± 3.1
22个月～	11.75 ± 0.11	86.0 ± 2.9	11.06 ± 0.12	84.6 ± 3.1
23个月～	11.95 ± 0.11	86.9 ± 3.0	11.27 ± 0.12	85.5 ± 3.2

年龄组	男童		女童	
	体重（kg）	身高（长）（cm）	体重（kg）	身高（长）（cm）
2岁0月～	12.15±0.11	87.1±3.1	11.48±0.12	85.7±3.2
2岁1月～	12.35±0.11	88.0±3.1	11.69±0.12	86.6±3.3
2岁2月～	12.55±0.12	88.8±3.2	11.89±0.12	87.4±3.3
2岁3月～	12.74±0.12	89.6±3.2	12.10±0.12	88.3±3.4
2岁4月～	12.93±0.12	90.4±3.3	12.31±0.13	89.1±3.4
2岁5月～	13.12±0.12	91.2±3.4	12.51±0.13	89.9±3.5
2岁6月～	13.30±0.12	91.9±3.4	12.71±0.13	90.7±3.5
2岁7月～	13.48±0.12	92.7±3.5	12.90±0.13	91.4±3.6
2岁8月～	13.66±0.12	93.4±3.5	13.09±0.13	92.2±3.6
2岁9月～	13.83±0.12	94.1±3.6	13.28±0.13	92.9±3.7
2岁10月～	14.00±0.12	94.8±3.6	13.47±0.13	93.6±3.7
2岁11月～	14.17±0.12	95.4±3.7	13.66±0.13	94.4±3.8
3岁0月～	14.34±0.12	96.1±3.7	13.85±0.13	95.1±3.8

注：23个月龄及以前为卧位身长数值，2岁0月及其后为立位身高数值。

现以11个月龄女童体重为例作一说明，从表1-3可知该月龄女童体重为8.72±0.12千克，上式中8.72千克为体重平均值，0.12千克为其上下范围(标准差)，即：体重在8.60千克到8.84千克都属正常。

2岁以内的婴幼儿用仰卧位测量的"身高"，所得结果叫身长；如果是站立位检测的，将此结果加0.7厘米即为换算后的卧位身长。2岁以上儿童站立位检测的叫身高，如为仰卧位检测的结果，将其减去0.7厘米即为换算后的立位身高。

2. 不确定喂养方式的儿童

应选用《2005年中国九市城区7岁以下儿童体格发育测量值》或《2005年中国九市郊区7岁以下儿童体格发育测量值》作参考，这是2005年在我国哈尔滨、北京、西安、武汉、南京、上海、福州、广州、昆明九市及其郊区农村对138775名7岁以下儿童所作体格发育调查的结果，是评价我国儿童发育状况的应用性参考标准。为便于参考应用，在此将其中城区及郊区7岁以下儿童体重、身高数值分别整理后汇集于表1-4及表1-5，供应用参考。

表1-4　2005年中国九市城区7岁以下儿童体格发育测量值

年龄组	男童		女童	
	体重（kg）	身高（长）（cm）	体重（kg）	身高（长）（cm）
初生~3天	3.33±0.39	50.4±1.7	3.24±0.39	49.7±1.7
1个月~	5.11±0.65	56.8±2.4	4.73±0.58	55.6±2.2
2个月~	6.27±0.73	60.5±2.3	5.75±0.68	59.1±2.3
3个月~	7.17±0.78	63.3±2.2	6.56±0.73	62.0±2.1
4个月~	7.76±0.86	65.7±2.3	7.16±0.78	64.2±2.2
5个月~	8.32±0.95	67.8±2.4	7.65±0.84	66.2±2.3
6个月~	8.75±1.03	69.8±2.6	8.13±0.93	68.1±2.4
8个月~	9.35±1.04	72.6±2.6	8.74±0.99	71.1±2.6
10个月~	9.92±1.09	75.5±2.6	9.28±1.01	73.8±2.8
12个月~	10.49±1.15	78.3±2.9	9.80±1.05	76.8±2.8
15个月~	11.04±1.23	81.4±3.2	10.43±1.14	80.2±3.0

年龄组	男童		女童	
	体重（kg）	身高（长）（cm）	体重（kg）	身高（长）（cm）
18个月~	11.65 ± 1.31	84.0 ± 3.2	11.01 ± 1.18	82.9 ± 3.1
21个月~	12.39 ± 1.39	87.3 ± 3.5	11.77 ± 1.30	86.0 ± 3.3
2.0岁~	13.19 ± 1.48	91.2 ± 3.8	12.60 ± 1.48	89.9 ± 3.8
2.5岁~	14.28 ± 1.64	95.4 ± 3.9	13.73 ± 1.63	94.3 ± 3.8
3.0岁~	15.31 ± 1.75	98.9 ± 3.8	14.80 ± 1.69	97.6 ± 3.8

表1-5　2005年中国九市郊区7岁以下儿童体格发育测量值

年龄组	男童		女童	
	体重（kg）	身高（长）（cm）	体重（kg）	身高（长）（cm）
初生~3天	3.32 ± 0.40	50.4 ± 1.8	3.19 ± 0.39	49.8 ± 1.7
1个月~	5.12 ± 0.73	56.6 ± 2.5	4.79 ± 0.61	55.6 ± 2.2
2个月~	6.29 ± 0.75	60.5 ± 2.4	5.75 ± 0.72	59.0 ± 2.4
3个月~	7.08 ± 0.82	63.0 ± 2.3	6.51 ± 0.76	61.7 ± 2.2
4个月~	7.63 ± 0.89	65.0 ± 2.3	7.08 ± 0.83	63.6 ± 2.3
5个月~	8.15 ± 0.93	67.0 ± 2.2	7.54 ± 0.91	65.5 ± 2.4
6个月~	8.57 ± 1.01	69.2 ± 2.5	7.98 ± 0.94	67.6 ± 2.5
8个月~	9.18 ± 1.07	72.1 ± 2.6	8.54 ± 1.05	70.5 ± 2.7
10个月~	9.65 ± 1.10	74.7 ± 2.8	9.00 ± 1.04	73.2 ± 2.7
12个月~	10.11 ± 1.15	77.5 ± 2.8	9.44 ± 1.12	75.8 ± 2.9
15个月~	10.59 ± 1.20	80.2 ± 3.1	9.97 ± 1.13	78.9 ± 3.1

第一章　形体增长评价

年龄组	男童		女童	
	体重（kg）	身高（长）（cm）	体重（kg）	身高（长）（cm）
18个月~	11.21 ± 1.25	82.8 ± 3.2	10.63 ± 1.20	81.7 ± 3.3
21个月~	11.82 ± 1.36	85.8 ± 3.4	11.21 ± 1.27	84.4 ± 3.3
2.0 岁~	12.65 ± 1.43	89.5 ± 3.8	12.04 ± 1.38	88.2 ± 3.7
2.5 岁~	13.81 ± 1.60	93.7 ± 3.8	13.18 ± 1.52	92.5 ± 3.7
3.0 岁~	14.65 ± 1.65	97.2 ± 3.9	14.22 ± 1.66	96.2 ± 3.9

身高、体重二维模式评价法

这是以儿童身高及体重作为两个相关互动变量、判断儿童营养健康状况的方法。现分述如下。

1. Kaup指数，亦称儿童体质指数

其实际含义是指单位面积内所包含的体重，意指该面积下所涵盖机体组织的平均密度，亦被理解为身体的匀称度。Kaup指数用以反映儿童体格发育状况和营养水平。它排除了年龄及不同种族的影响，将已测得受检儿童的Kaup指数值在几个大的界值范围内进行评价，优点为实用简便快捷，不必查阅许多参考标准值资

料就可以直接评价结果。

Kaup 指数的计算式如下：

$0 \sim 24$ 个月婴幼儿用体重（克）/[身长（厘米）$]^2 \times 10$；

$2 \sim 6$ 岁儿童用体重（千克）/[身高（厘米）$]^2 \times 10^4$

2. Kaup 指数的应用

（1）母乳喂养儿童

选用《2006年世界卫生组织5岁以下儿童体格发育参考值》作为参照值，现将母乳喂养$0 \sim 24$个月婴幼儿及$2 \sim 3$岁幼童按年岁、月龄的Kaup体质指数列于表1-6及表1-7供应用参考。

（2）不确定喂养方式的儿童

对不确定喂养方式的婴幼儿，可按Kaup指数计算式求得kaup指数值，按照其身高（长）评价其是否处于正常范围。

Kaup 指数的正常值范围：

身高（长）在55 $\sim$ 61.5厘米的婴儿正常值为：13.5 $\sim$ 17.0；

身高（长）在62 $\sim$ 139.5厘米的儿童正常值为：15.0 $\sim$ 18.0。

3. 身高（长）别体重评价法，另一种二维模式评价方法

如前所述，在评价儿童身高、体重时，要知道该儿童的年龄、性别，而对各个家庭来说在使用时要查找与年龄、性别相应的参

表1-6　世界卫生组织母乳喂养0～24个月婴幼儿月龄别Kaup指数参考值（卧位身长）

男童			女童			
月龄	Kaup指数	月龄	Kaup指数	月龄	Kaup指数	月龄	Kaup指数

月龄	Kaup指数	月龄	Kaup指数	月龄	Kaup指数	月龄	Kaup指数
0	13.4±1.35	13	16.7±1.35	0	13.3±1.20	13	16.2±1.40
1	14.9±1.35	14	16.6±1.35	1	14.6±1.40	14	16.1±1.40
2	16.3±1.40	15	16.4±1.30	2	15.8±1.50	15	16.0±1.40
3	16.9±1.45	16	16.3±1.30	3	16.4±1.50	16	15.9±1.40
4	17.2±1.45	17	16.2±1.30	4	16.7±1.55	17	15.8±1.40
5	17.3±1.45	18	16.1±1.30	5	16.8±1.50	18	15.7±1.40
6	17.3±1.40	19	16.1±1.25	6	16.9±1.50	19	15.7±1.35
7	17.3±1.40	20	16.0±1.25	7	16.9±1.50	20	15.6±1.35
8	17.3±1.40	21	15.9±1.25	8	16.8±1.50	21	15.5±1.35
9	17.2±1.40	22	15.8±1.25	9	16.7±1.50	22	15.5±1.35
10	17.0±1.40	23	15.8±1.25	10	16.6±1.50	23	15.4±1.35
11	16.9±1.40	24	15.7±1.20	11	16.5±1.45	24	15.4±1.30
12	16.8±1.35			12	16.4±1.45		

表1-7 世界卫生组织母乳喂养 2～3 岁儿童年龄别 Kaup 指数参考值（立位身高）

男童			女童		
年：月	Kaup 指数	年：月	Kaup 指数	年：月	Kaup 指数
2：0	16.0 ± 1.25	2：7	15.8 ± 1.25	2：0	15.7 ± 1.35	2：7	15.5 ± 1.30
2：1	16.0 ± 1.25	2：8	15.7 ± 1.20	2：1	15.7 ± 1.35	2：8	15.5 ± 1.30
2：2	15.9 ± 1.25	2：9	15.7 ± 1.25	2：2	15.6 ± 1.30	2：9	15.5 ± 1.35
2：3	15.9 ± 1.25	2：10	15.7 ± 1.25	2：3	15.6 ± 1.30	2：10	15.4 ± 1.30
2：4	15.9 ± 1.25	2：11	15.6 ± 1.20	2：4	15.6 ± 1.35	2：11	15.4 ± 1.30
2：5	15.8 ± 1.20	3：0	15.6 ± 1.25	2：5	15.6 ± 1.35	3：0	15.4 ± 1.30
2：6	15.8 ± 1.25			2：6	15.5 ± 1.30		

考标准值既不方便，同时还要考量身高和体重这两个变数的相应变化，在判断结果时不易准确掌握。因而较常采用身高别体重（Weight for height）这个指标。这是不分年龄而以同一身高作为基础、观察体重变异程度的方法。其中位数（或平均值）在不同国家、民族和地区的差异不大，从而可消除发育水平和遗传因素引起的差异。这也是本法的优点。此法已被各国广泛采用，多用于对儿童健康、营养状况的比较和借此筛检肥胖及营养不良儿童。通常用于观测近期营养状况，如采取某项干预措施前后某个体或群体在一段不长时间内营养状况的动态变化等，通常用于儿童消瘦及肥胖的筛查及变异程度分类。

（1）体重及身高综合评价法

为方便、快捷评价及判断儿童营养状况并直接判定其结果，本书将WHO以身高别体重(不同身高对应的体重)数值的肥胖分类的标准及联合国儿童基金会（UNICEF）关于消瘦分类的评价方法结合起来，计算出各位点的相应数值，综合运用此结果直接判断，是其最大优点和方便之处。在确知儿童当前的身高及体重的测量值后，以左侧身高为既定变量、在确定儿童身高的坐标位点后，在右侧体重项中找到与该儿童体重测量值最相近的位点，即可借助其上方栏目的标示直接判定并读出其营养健康状况，如正常、肥胖、消瘦及其分度。

① 母乳喂养　身长为65 ～ 100厘米男童及女童的评价标准，可分别参见表1-8、表1-9。

表1-8 WHO母乳喂养身长65～100厘米男童身高别体重营养状况评价标准

(kg，卧位)

身高（cm）	重度消瘦 M-3S	中度消瘦 M-2S	轻度消瘦 M-S	正常体重 中位数 M	超重 M+10%	轻度肥胖 M+20%	中度肥胖 M+30%	重度肥胖 M+50%
65.0	5.7	6.2	6.7	7.3	8.0	8.8	9.5	11.0
65.5	5.8	6.3	6.8	7.4	8.1	8.9	9.6	11.1
66.0	5.9	6.4	6.9	7.5	8.3	9.0	9.8	11.3
66.5	6.0	6.5	7.0	7.6	8.4	9.1	9.9	11.4
67.0	6.1	6.6	7.1	7.7	8.5	9.2	10.0	11.6
67.5	6.2	6.7	7.2	7.9	8.7	9.5	10.3	11.9
68.0	6.3	6.8	7.3	8.0	8.8	9.6	10.4	12.0
68.5	6.4	6.9	7.5	8.1	8.9	9.7	10.5	12.0
69.0	6.5	7.0	7.6	8.2	9.0	9.8	10.7	12.3
69.5	6.6	7.1	7.7	8.3	9.1	10.0	10.8	12.5
70.0	6.6	7.2	7.8	8.4	9.2	10.1	10.9	12.6
70.5	6.7	7.3	7.9	8.5	9.4	10.2	11.1	12.8
71.0	6.8	7.4	8.0	8.6	9.5	10.3	11.2	12.9
71.5	6.9	7.5	8.1	8.8	9.7	10.6	11.4	13.2

第一章 形体增长评价

续表

身高（cm）	重度消瘦 M-3S	中度消瘦 M-2S	轻度消瘦 M-S	正常体重 中位数M	超重 M+10%	轻度肥胖 M+20%	中度肥胖 M+30%	重度肥胖 M+50%
72.0	7.0	7.6	8.2	8.9	9.8	10.7	11.6	13.4
72.5	7.1	7.6	8.3	9.0	9.9	10.8	11.7	13.5
73.0	7.2	7.7	8.4	9.1	10.0	10.9	11.8	13.7
73.5	7.2	7.8	8.5	9.2	10.1	11.0	12.0	13.8
74.0	7.3	7.9	8.6	9.3	10.2	11.2	12.1	14.0
74.5	7.4	8.0	8.7	9.4	10.3	11.3	12.2	14.1
75.0	7.5	8.1	8.8	9.5	10.5	11.4	12.4	14.3
75.5	7.6	8.2	8.8	9.6	10.6	11.5	12.5	14.4
76.0	7.6	8.3	8.9	9.7	10.7	11.6	12.6	14.6
76.5	7.7	8.4	9.0	9.8	10.8	11.8	12.7	14.7
77.0	7.8	8.4	9.1	9.9	10.9	11.9	12.9	14.9
77.5	7.9	8.5	9.2	10.0	11.0	12.0	13.0	15.0
78.0	7.9	8.6	9.3	10.1	11.1	12.1	13.1	15.2
78.5	8.0	8.7	9.4	10.2	11.2	12.2	13.3	15.3
79.0	8.1	8.7	9.5	10.3	11.3	12.4	13.4	15.5

身高（cm）	重度消瘦 M-3S	中度消瘦 M-2S	轻度消瘦 M-S	正常体重中位数 M	超重 M+10%	轻度肥胖 M+20%	中度肥胖 M+30%	重度肥胖 M+50%
79.5	8.2	8.8	9.5	10.4	11.4	12.5	13.5	15.6
80.0	8.2	8.9	9.6	10.4	11.4	12.5	13.5	15.6
80.5	8.3	9.0	9.7	10.5	11.6	12.6	13.7	15.8
81.0	8.4	9.1	9.8	10.6	11.6	12.7	13.8	15.9
81.5	8.5	9.1	9.9	10.7	11.8	12.8	13.9	16.1
82.0	8.5	9.2	10.0	10.8	11.9	13.0	14.0	16.2
82.5	8.6	9.3	10.1	10.9	12.0	13.1	14.2	16.4
83.0	8.7	9.4	10.2	11.0	12.1	13.2	14.3	16.5
83.5	8.8	9.5	10.3	11.2	12.3	13.4	14.6	16.8
84.0	8.9	9.6	10.4	11.3	12.4	13.6	14.7	17.0
84.5	9.0	9.7	10.5	11.4	12.5	13.7	14.8	17.1
85.0	9.1	10.8	10.6	11.5	12.7	13.8	15.0	17.3
85.5	9.2	10.9	10.7	11.6	12.8	13.9	15.1	17.4
86.0	9.3	10.0	10.8	11.7	12.9	14.0	15.2	17.6
86.5	9.4	10.1	11.0	11.9	13.1	14.3	15.5	17.9

第一章 形体增长评价

续表

身高（cm）	重度消瘦 M-3S	中度消瘦 M-2S	轻度消瘦 M-S	正常体重中位数 M	超重 M+10%	轻度肥胖 M+20%	中度肥胖 M+30%	重度肥胖 M+50%
87.0	9.5	10.2	11.1	12.0	13.2	14.4	15.6	18.0
87.5	9.6	10.4	11.2	12.1	13.3	14.5	15.7	18.2
88.0	9.7	10.5	11.3	12.2	13.4	14.6	15.9	18.3
88.5	9.8	10.6	11.4	12.4	13.6	14.9	16.1	18.6
89.0	9.9	10.7	11.5	12.5	13.8	15.0	16.3	18.8
89.5	10.0	10.8	11.6	12.6	13.9	15.1	16.4	18.9
90.0	10.1	10.9	11.8	12.7	14.0	15.2	16.5	19.1
90.5	10.2	11.0	11.9	12.8	14.1	15.4	16.6	19.2
91.0	10.3	11.1	12.0	13.0	14.3	15.6	16.9	19.5
91.5	10.4	11.2	12.1	13.1	14.4	15.7	17.0	19.7
92.0	10.5	11.3	12.2	13.2	14.5	15.8	17.2	19.8
92.5	10.6	11.4	12.3	13.3	14.6	16.0	17.3	20.0
93.0	10.7	11.5	12.4	13.4	14.7	16.1	17.4	20.1
93.5	10.7	11.6	12.5	13.5	14.9	16.2	17.6	20.3
94.0	10.8	11.7	12.6	13.7	15.1	16.4	17.8	20.6

续表

身高（cm）	重度消瘦 M-3S	中度消瘦 M-2S	轻度消瘦 M-S	正常体重 中位数 M	超重 M+10%	轻度肥胖 M+20%	中度肥胖 M+30%	重度肥胖 M+50%
94.5	10.9	11.8	12.7	13.8	15.2	16.6	17.9	20.7
95.0	11.0	11.9	12.8	13.9	15.3	16.7	18.1	20.9
95.5	11.1	12.0	12.9	14.0	15.4	16.8	18.2	21.0
96.0	11.2	12.1	13.1	14.1	15.5	16.9	18.3	21.2
96.5	11.3	12.2	13.2	14.3	15.7	17.2	18.6	21.5
97.0	11.4	12.3	13.3	14.4	15.8	17.3	18.7	21.6
97.5	11.5	12.4	13.4	14.5	16.0	17.4	18.9	21.8
98.0	11.6	12.5	13.5	14.6	16.1	17.5	19.0	21.9
98.5	11.7	12.6	13.6	14.8	16.3	17.8	19.2	22.2
99.0	11.8	12.7	13.7	14.9	16.4	17.9	19.4	22.4
99.5	11.9	12.8	13.9	15.0	16.5	18.0	19.5	22.5
100.0	12.0	12.9	14.0	15.2	16.7	18.2	19.8	22.8

注：（1）2岁以内的婴幼儿用仰卧位测量的"身高"，所得结果叫身长；如果是站立位检测的，将此结果加0.7厘米即为换算后的卧位身长。2岁以上儿童站立位检测的叫身高，如为仰卧位检测的结果，将其减去0.7厘米即为换算后的立位身高。

（2）表头上标识的意义如下：M：中位数（相当于平均数）；-1S、-2S、-3S：比中位数小1倍、2倍、3倍标准差；+10%、+20%、+30%、+50%：比中位数多10个百分位数、20个百分位数、30个百分位数、50个百分位数。

第一章 评价孩子的体形

33

表1-9 WHO母乳喂养身长65～100厘米女童身高别体重营养状况评价标准

（kg，卧位）

身高（cm）	重度消瘦 M-3S	中度消瘦 M-2S	轻度消瘦 M-S	体重中位数 M	超重 M+10%	轻度肥胖 M+20%	中度肥胖 M+30%	重度肥胖 M+50%
65.0	5.5	5.9	6.5	7.1	7.8	8.5	9.2	10.7
65.5	5.5	6.0	6.6	7.2	7.9	8.6	9.4	10.8
66.0	5.6	6.1	6.7	7.3	8.0	8.8	9.5	11.0
66.5	5.7	6.2	6.8	7.4	8.1	8.9	9.6	11.1
67.0	5.8	6.3	6.9	7.5	8.3	9.0	9.8	11.3
67.5	5.9	6.4	7.0	7.6	8.4	9.1	9.9	11.4
68.0	6.0	6.5	7.1	7.7	8.5	9.3	10.0	11.6
68.5	6.1	6.6	7.2	7.9	8.7	9.5	10.3	11.9
69.0	6.1	6.7	7.3	8.0	8.8	9.6	10.4	12.0
69.5	6.2	6.8	7.4	8.1	8.9	9.7	10.5	12.2
70.0	6.3	6.9	7.5	8.2	9.0	9.8	10.7	12.3
70.5	6.4	6.9	7.6	8.3	9.1	10.0	10.8	12.5
71.0	6.5	7.0	7.7	8.4	9.2	10.1	10.9	12.6
71.5	6.5	7.1	7.7	8.5	9.4	10.2	11.1	12.8

身高（cm）	重度消瘦 M-3S	中度消瘦 M-2S	轻度消瘦 M-S	体重中位数 M	超重 M+10%	轻度肥胖 M+20%	中度肥胖 M+30%	重度肥胖 M+50%
72.0	6.6	7.2	7.8	8.6	9.5	10.3	11.2	12.9
72.5	6.7	7.3	7.9	8.7	9.6	10.4	11.3	13.1
73.0	6.8	7.4	8.0	8.8	9.7	10.6	11.4	13.2
73.5	6.9	7.4	8.1	8.9	9.8	10.7	11.6	13.4
74.0	6.9	7.5	8.2	9.0	9.9	10.8	11.7	13.5
74.5	7.0	7.6	8.3	9.1	10.0	10.9	11.8	13.7
75.0	7.1	7.7	8.4	9.1	10.0	10.9	11.8	13.7
75.5	7.1	7.8	8.5	9.2	10.1	11.0	12.0	13.8
76.0	7.2	7.8	8.5	9.3	10.2	11.2	12.1	14.0
76.5	7.3	7.9	8.6	9.4	10.3	11.3	12.2	14.1
77.0	7.4	8.0	8.7	9.5	10.5	11.4	12.4	14.3
77.5	7.4	8.1	8.8	9.6	10.6	11.5	12.5	14.4
78.0	7.5	8.2	8.9	9.7	10.7	11.6	12.6	14.6
78.5	7.6	8.2	9.0	9.8	10.8	11.8	12.7	14.7
79.0	7.7	8.3	9.1	9.9	10.9	11.9	12.9	14.9

第一章 形体增长评价

续表

身高（cm）	重度消瘦 M-3S	中度消瘦 M-2S	轻度消瘦 M-S	体重中位数 M	超重 M+10%	轻度肥胖 M+20%	中度肥胖 M+30%	重度肥胖 M+50%
79.5	7.7	8.4	9.1	10.0	11.0	12.0	13.0	15.0
80.0	7.8	8.5	9.2	10.1	11.1	12.1	13.1	15.2
80.5	7.9	8.6	9.3	10.2	11.2	12.3	13.5	15.3
81.0	8.0	8.7	9.4	10.3	11.3	12.4	13.4	15.5
81.5	8.1	8.8	9.5	10.4	11.4	12.5	13.5	15.6
82.0	8.1	8.8	9.6	10.5	11.6	12.6	13.7	15.8
82.5	8.2	8.9	9.7	10.6	11.7	12.7	13.8	15.9
83.0	8.3	9.0	9.8	10.7	11.8	12.8	13.9	16.1
83.5	8.4	9.1	9.9	10.9	12.0	13.1	14.2	16.4
84.0	8.5	9.2	10.1	11.0	12.1	13.2	14.3	16.5
84.5	8.6	9.3	10.2	11.1	12.2	13.3	14.4	16.7
85.0	8.7	9.4	10.3	11.2	12.3	13.4	14.6	16.8
85.5	8.8	9.5	10.4	11.3	12.4	13.6	14.7	17.0
86.0	8.9	9.7	10.5	11.5	12.7	13.8	15.0	17.3
86.5	9.0	9.8	10.6	11.6	12.8	13.9	15.1	17.4

身高（cm）	重度消瘦 M-3S	中度消瘦 M-2S	轻度消瘦 M-S	体重中位数 M	超重 M+10%	轻度肥胖 M+20%	中度肥胖 M+30%	重度肥胖 M+50%
87.0	9.1	9.9	10.7	11.7	12.9	14.0	15.2	17.6
87.5	9.2	10.0	10.9	11.8	13.0	14.2	15.3	17.7
88.0	9.3	10.1	11.0	12.0	13.2	14.4	15.6	18.0
88.5	9.4	10.2	11.1	12.1	13.3	14.5	15.7	18.2
89.0	9.5	10.3	11.2	12.2	13.4	14.6	15.9	18.3
89.5	9.6	10.4	11.3	12.3	13.5	14.8	16.0	18.5
90.0	9.7	10.5	11.4	12.5	13.8	15.0	16.3	18.8
90.5	9.8	10.6	11.5	12.6	13.9	15.0	16.4	18.9
91.0	9.9	10.7	11.7	12.7	14.0	15.2	16.5	19.1
91.5	10.0	10.8	11.8	12.8	14.1	15.4	16.6	19.2
92.0	10.1	10.9	11.9	13.0	14.3	15.6	16.9	19.5
92.5	10.1	11.0	12.0	13.1	14.4	15.7	17.0	19.7
93.0	10.2	11.1	12.1	13.2	14.5	15.8	17.2	19.8
93.5	10.3	11.2	12.2	13.3	14.6	16.0	17.3	20.0
94.0	10.4	11.3	12.3	13.5	14.9	16.2	17.6	20.3

第一章 形体增长评价

续表

身高（cm）	重度消瘦 M-3S	中度消瘦 M-2S	轻度消瘦 M-S	体重中位数 M	超重 M+10%	轻度肥胖 M+20%	中度肥胖 M+30%	重度肥胖 M+50%
94.5	10.5	11.4	12.4	13.6	15.0	16.3	17.7	20.4
95.0	10.6	11.5	12.6	13.7	15.1	16.4	17.8	20.6
95.5	10.7	11.6	12.7	13.8	15.2	16.6	17.9	20.7
96.0	10.8	11.7	12.8	14.0	15.4	16.8	18.2	21.0
96.5	10.9	11.8	12.9	14.1	15.5	16.9	18.3	21.2
97.0	11.0	12.0	13.0	14.2	15.6	17.0	18.5	21.3
97.5	11.1	12.1	13.1	14.4	15.8	17.3	18.7	21.6
98.0	11.2	12.2	13.3	14.5	16.0	17.4	18.9	21.8
98.5	11.3	12.3	13.4	14.6	16.1	17.5	19.0	21.9
99.0	11.4	12.4	13.5	14.8	16.3	17.8	19.2	22.2
99.5	12.5	13.5	14.6	14.9	16.4	17.9	19.4	22.4
100.0	12.6	13.6	14.7	15.0	16.5	18.0	19.5	22.5

注：2岁以内的婴幼儿用仰卧位测量的"身高"，所得结果叫的"身长"；如果是站立位检测的，将此结果加0.7厘米即为换算后的卧位身长。2岁以上儿童站立位检测的叫身高，如为仰卧位检测的结果，将其减去0.7厘米即为换算后的立位身高。

② 不确定喂养方式身高为65～100厘米男童及女童的评价标准，可分别参见表1-10、表1-11。

表1-10 世界卫生组织身高65～100厘米男童身高别体重营养状况评价标准

（kg、立位）

身高（cm）	重度消瘦 M-3S	中度消瘦 M-2S	轻度消瘦 M-S	体重中位数 M	超重 M+10%	轻度肥胖 M+20%	中度肥胖 M+30%	重度肥胖 M+50%
65.0	5.9	6.3	6.9	7.4	8.1	8.9	9.6	11.1
65.5	6.0	6.4	7.0	7.6	8.4	9.1	9.9	11.4
66.0	6.1	6.5	7.1	7.7	8.5	9.2	10.0	11.6
66.5	6.1	6.6	7.2	7.8	8.6	9.4	10.1	11.7
67.0	6.2	6.7	7.3	7.9	8.7	9.5	10.3	11.9
67.5	6.3	6.8	7.4	8.0	8.8	9.6	10.4	12.0
68.0	6.4	6.9	7.5	8.1	8.9	9.7	10.5	12.2
68.5	6.5	7.0	7.6	8.2	9.0	9.8	10.7	12.3
69.0	6.6	7.1	7.7	8.4	9.2	10.1	10.9	12.6
69.5	6.7	7.2	7.8	8.5	9.4	10.2	11.1	12.8
70.0	6.8	7.3	7.9	8.6	9.5	10.3	11.2	12.9
70.5	6.9	7.4	8.0	8.7	9.6	10.4	11.3	13.1

续表

身高（cm）	重度消瘦 M-3S	中度消瘦 M-2S	轻度消瘦 M-S	体重中位数 M	超重 M+10%	轻度肥胖 M+20%	中度肥胖 M+30%	重度肥胖 M+50%
71.0	6.9	7.5	8.1	8.8	9.7	10.6	11.4	13.2
71.5	7.0	7.6	8.2	8.9	9.8	10.7	11.6	13.4
72.0	7.1	7.7	8.3	9.0	9.9	10.8	11.7	13.5
72.5	7.2	7.8	8.4	9.1	10.0	10.9	11.8	13.7
73.0	7.3	7.9	8.5	9.2	10.1	11.0	12.0	13.8
73.5	7.4	7.9	8.6	9.3	10.2	11.2	12.1	14.0
74.0	7.4	8.0	8.7	9.4	10.3	11.3	12.2	14.1
74.5	7.5	8.1	8.8	9.5	10.5	11.4	12.4	14.3
75.0	7.6	8.2	8.9	9.6	10.6	11.5	12.5	14.4
75.5	7.7	8.3	9.0	9.7	10.7	11.6	12.6	14.6
76.0	7.7	8.4	9.1	9.8	10.8	11.8	12.7	14.7
76.5	7.8	8.5	9.2	9.9	10.9	11.9	12.9	15.0
77.0	7.9	8.5	9.2	10.0	11.0	12.0	13.0	15.0
77.5	8.0	8.6	9.3	10.1	11.1	12.1	13.1	15.2
78.0	8.0	8.7	9.4	10.2	11.2	12.2	13.3	15.3

身高（cm）	重度消瘦 M-3S	中度消瘦 M-2S	轻度消瘦 M-S	体重中位数 M	超重 M+10%	轻度肥胖 M+20%	中度肥胖 M+30%	重度肥胖 M+50%
78.5	8.1	8.8	9.5	10.3	11.3	12.4	13.4	15.5
79.0	8.2	8.8	9.6	10.4	11.4	12.5	13.5	15.6
79.5	8.3	8.9	9.7	10.5	11.6	12.6	13.7	15.8
80.0	8.3	9.0	9.7	10.6	11.7	12.7	13.8	15.9
80.5	8.4	9.1	9.8	10.7	11.8	12.8	13.9	16.1
81.0	8.5	9.2	9.9	10.8	11.9	13.0	14.0	16.2
81.5	8.6	9.3	10.0	10.9	12.0	13.1	14.2	16.4
82.0	8.7	9.3	10.1	11.0	12.1	13.2	14.3	16.5
82.5	8.7	9.4	10.2	11.1	12.2	13.3	14.4	16.7
83.0	8.8	9.5	10.3	11.2	12.3	13.4	14.6	16.8
83.5	8.9	9.6	10.4	11.3	12.4	13.6	14.7	17.0
84.0	9.0	9.7	10.5	11.4	12.5	13.7	14.8	17.1
84.5	9.1	9.9	10.7	11.5	12.7	13.8	15.0	17.2
85.0	9.2	10.0	10.8	11.7	12.9	14.0	15.2	17.6
85.5	9.3	10.1	10.9	11.8	13.0	14.2	15.3	17.7

第一章 形体增长评价

续表

身高（cm）	重度消瘦 M-3S	中度消瘦 M-2S	轻度消瘦 M-S	体重中位数 M	超重 M+10%	轻度肥胖 M+20%	中度肥胖 M+30%	重度肥胖 M+50%
86.0	9.4	10.2	11.0	11.9	13.1	14.3	15.5	17.9
86.5	9.5	10.3	11.1	12.0	13.2	14.4	15.6	18.0
87.0	9.6	10.4	11.2	12.2	13.4	14.6	15.9	18.3
87.5	9.7	10.5	11.3	12.3	13.5	14.8	16.0	18.5
88.0	9.8	10.6	11.5	12.4	13.6	14.9	16.1	18.6
88.5	9.9	10.7	11.6	12.5	13.8	15.0	16.3	18.8
89.0	10.0	10.8	11.7	12.6	13.9	15.1	16.4	18.9
89.5	10.1	10.9	11.8	12.8	14.1	15.4	16.6	19.2
90.0	10.2	11.0	11.9	12.9	14.2	15.5	16.8	19.4
90.5	10.3	11.1	12.0	13.0	14.3	15.6	16.9	19.5
91.0	10.4	11.2	12.1	13.1	14.4	15.7	17.0	19.7
91.5	10.5	11.3	12.2	13.2	14.5	15.8	17.2	19.8
92.0	10.6	11.4	12.3	13.4	14.7	16.1	17.4	20.1
92.5	10.7	11.5	12.4	13.5	14.9	16.2	17.6	20.3
93.0	10.8	11.6	12.6	13.6	15.0	16.3	17.7	20.4

身高（cm）	重度消瘦 M-3S	中度消瘦 M-2S	轻度消瘦 M-S	体重中位数 M	超重 M+10%	轻度肥胖 M+20%	中度肥胖 M+30%	重度肥胖 M+50%
93.5	10.9	11.7	12.7	13.7	15.1	16.4	17.8	20.6
94.0	11.0	11.8	12.8	13.8	15.2	16.6	17.9	20.7
94.5	11.1	11.9	12.9	13.9	15.3	16.7	18.1	20.9
95.0	11.1	12.0	13.0	14.0	15.4	16.8	18.2	21.0
95.5	11.2	12.1	13.1	14.2	15.6	17.0	18.5	21.3
96.0	11.3	12.2	13.2	14.3	15.7	17.2	18.6	21.5
96.5	11.4	12.3	13.3	14.4	15.8	17.3	18.7	21.6
97.0	11.5	12.4	13.4	14.6	16.1	17.5	19.0	21.9
97.5	11.6	12.5	13.6	14.7	16.2	17.6	19.1	22.1
98.0	11.7	12.6	13.7	14.8	16.3	17.8	19.2	22.2
98.5	11.8	12.8	13.8	14.9	16.4	17.9	19.4	22.4
99.0	11.9	12.9	13.9	15.1	16.6	18.1	19.6	22.7
99.5	12.0	13.0	14.0	15.2	16.7	18.2	19.8	22.8
100.0	12.1	13.1	14.2	15.4	16.9	18.5	20.0	23.1

第一章 形体增长评价

表1-11 世界卫生组织身高65～100厘米女童身高别体重营养状况评价标准

（kg，立位）

身高（cm）	重度消瘦 M-3S	中度消瘦 M-2S	轻度消瘦 M-S	体重中位数 M	超重 M+10%	轻度肥胖 M+20%	中度肥胖 M+30%	重度肥胖 M+50%
65.0	5.6	6.1	6.6	7.2	7.9	8.6	9.4	10.8
65.5	5.7	6.2	6.7	7.4	8.1	8.9	9.6	11.1
66.0	5.8	6.3	6.8	7.5	8.3	9.0	9.8	11.3
66.5	5.8	6.4	6.9	7.6	8.4	9.1	9.9	11.4
67.0	5.9	6.4	7.0	7.7	8.5	9.2	10.0	11.6
67.5	6.0	6.5	7.1	7.8	8.6	9.4	10.1	11.7
68.0	6.1	6.6	7.2	7.9	8.7	9.5	10.3	11.9
68.5	6.2	6.7	7.3	8.0	8.8	9.6	10.4	12.0
69.0	6.3	6.8	7.4	8.1	8.9	9.7	10.5	12.2
69.5	6.3	6.9	7.5	8.2	9.0	9.8	10.7	12.3
70.0	6.4	7.0	7.6	8.3	9.1	10.0	10.8	12.5
70.5	6.5	7.1	7.7	8.4	9.2	10.1	10.9	12.6
71.0	6.6	7.1	7.8	8.5	9.4	10.2	11.1	12.8
71.5	6.7	7.2	7.9	8.6	9.5	10.3	11.2	12.9

身高（cm）	重度消瘦 M-3S	中度消瘦 M-2S	轻度消瘦 M-S	体重中位数 M	超重 M+10%	轻度肥胖 M+20%	中度肥胖 M+30%	重度肥胖 M+50%
72.0	6.7	7.3	8.0	8.7	9.6	10.4	11.3	13.1
72.5	6.8	7.4	8.1	8.8	9.7	10.6	11.4	13.2
73.0	6.9	7.5	8.1	8.9	9.8	10.7	11.6	13.4
73.5	7.0	7.6	8.2	9.0	9.9	10.8	11.7	13.5
74.0	7.0	7.6	8.3	9.1	10.0	10.9	11.8	13.7
74.5	7.1	7.7	8.4	9.2	10.1	11.0	12.0	13.8
75.0	7.2	7.8	8.5	9.3	10.2	11.2	12.1	14.0
75.5	7.2	7.9	8.6	9.4	10.3	11.3	12.2	14.1
76.0	7.3	8.0	8.7	9.5	10.5	11.4	12.4	14.3
76.5	7.4	8.0	8.7	9.6	10.6	11.5	12.5	14.4
77.0	7.5	8.1	8.8	9.6	10.6	11.5	12.5	14.4
77.5	7.5	8.2	8.9	9.7	10.7	11.6	12.6	14.6
78.0	7.6	8.3	9.0	9.8	10.8	11.8	12.7	14.7
78.5	7.7	8.4	9.1	9.9	10.9	11.9	12.9	14.9
79.0	7.8	8.4	9.2	10.0	11.0	12.0	13.0	15.0

续表

身高（cm）	重度消瘦 M-3S	中度消瘦 M-2S	轻度消瘦 M-S	体重中位数 M	超重 M+10%	轻度肥胖 M+20%	中度肥胖 M+30%	重度肥胖 M+50%
79.5	7.8	8.5	9.3	10.1	11.1	12.1	13.1	15.2
80.0	7.9	8.6	9.4	10.2	11.2	12.2	13.3	15.3
80.5	8.0	8.7	9.5	10.3	11.3	12.4	13.4	15.5
81.0	8.1	8.8	9.6	10.4	11.4	12.5	13.5	15.6
81.5	8.2	8.9	9.7	10.6	11.7	12.7	13.8	15.9
82.0	8.3	9.0	9.8	10.7	11.8	12.8	13.9	16.1
82.5	8.4	9.1	9.9	10.8	11.9	13.0	14.0	16.2
83.0	8.5	9.2	10.0	10.9	12.0	13.1	14.2	16.4
83.5	8.5	9.3	10.1	11.0	12.1	13.2	14.3	16.5
84.0	8.6	9.4	10.2	11.1	12.2	13.3	14.4	16.7
84.5	8.7	9.5	10.3	11.3	12.4	13.6	14.7	17.0
85.0	8.8	9.6	10.4	11.4	12.5	13.7	14.8	17.1
85.5	8.9	9.7	10.6	11.5	12.7	13.8	15.0	17.3
86.0	9.0	9.8	10.7	11.6	12.8	13.9	15.1	17.4
86.5	9.1	9.9	10.8	11.8	13.0	14.2	15.3	17.7

身高（cm）	重度消瘦 M-3S	中度消瘦 M-2S	轻度消瘦 M-S	体重中位数 M	超重 M+10%	轻度肥胖 M+20%	中度肥胖 M+30%	重度肥胖 M+50%
87.0	9.2	10.0	10.9	11.9	13.1	14.3	15.5	17.9
87.5	9.3	10.1	11.0	12.0	13.2	14.4	15.6	18.0
88.0	9.4	10.2	11.1	12.1	13.3	14.5	15.7	18.2
88.5	9.5	10.3	11.2	12.3	13.5	14.8	16.0	18.5
89.0	9.6	10.4	11.4	12.4	13.6	14.9	16.1	18.6
89.5	9.7	10.5	11.5	12.5	13.8	15.0	16.3	18.8
90.0	9.8	10.6	11.6	12.6	13.9	15.1	16.4	18.9
90.5	9.9	10.7	11.7	12.8	14.1	15.4	16.6	19.2
91.0	10.0	10.9	11.8	12.9	14.2	15.5	16.8	19.4
91.5	10.1	11.0	11.9	13.0	14.3	15.6	16.9	19.5
92.0	10.2	11.1	12.0	13.1	14.4	15.7	17.0	19.7
92.5	10.3	11.2	12.1	13.3	14.6	16.0	17.3	20.0
93.0	10.4	11.3	12.3	13.4	14.7	16.1	17.4	20.1
93.5	10.5	11.4	12.4	13.5	14.9	16.2	17.6	20.3
94.0	10.6	11.5	12.5	13.6	15.0	16.3	17.7	20.4

第一章 形体增长评价

续表

身高（cm）	重度消瘦 M-3S	中度消瘦 M-2S	轻度消瘦 M-S	体重中位数 M	超重 M+10%	轻度肥胖 M+20%	中度肥胖 M+30%	重度肥胖 M+50%
94.5	10.7	11.6	12.6	13.8	15.2	16.6	17.9	20.7
95.0	10.8	11.7	12.7	13.9	15.3	16.7	18.1	20.9
95.5	10.8	11.8	12.8	14.0	15.4	16.8	18.2	21.0
96.0	10.9	11.9	12.9	14.1	15.5	16.9	18.3	21.2
96.5	11.0	12.0	13.1	14.3	15.7	17.2	18.6	21.5
97.0	11.1	12.1	13.2	14.4	15.8	17.3	18.7	21.6
97.5	11.2	12.2	13.3	14.5	16.0	17.4	18.9	21.8
98.0	11.3	12.3	13.4	14.7	16.2	17.6	19.1	22.1
98.5	11.4	12.4	13.5	14.8	16.3	17.8	19.2	22.2
99.0	11.5	12.5	13.7	14.9	16.4	17.9	19.4	22.4
99.5	11.6	12.7	13.8	15.1	16.6	18.1	19.6	22.7
100.0	11.7	12.8	13.9	15.2	16.7	18.2	19.8	22.8

（2）Kaup指数综合评价法

为方便、快捷评价及判断儿童营养状况并直接判读其结果，本书将WHO为0～18岁正常人身高、体重参考值所提供的身高别体重数值、肥胖分类标准与联合国儿童基金会（UNICEF）关于消瘦分类的评价方法结合起来，以每0.5厘米身高（长）为既定变量、该身高水平相应的体重为随机变量，计算出身长在55～61.5厘米及身高在62～139.5厘米儿童的Kaup指数界值点（cut off point）及相关参数，用以判断正常及营养偏异的程度，以便在日常工作中直接判读临床结果、从而提高工作效率。评价儿童体质营养状况的Kaup指数界值点参照值参见表1-12。本表的应用范围可延伸至12岁儿童。

表1-12 评价儿童体质营养状况的Kaup指数界值点参照值

身高(长) （cm）	重度 消瘦	中度 消瘦	轻度 消瘦	正常 范围	超重	轻度 肥胖	中度 肥胖	重度 肥胖
55～ 61.5	～10.0	～12.0	～<13.5	13.5～ 17.0	>17.0～	18.5～	20.0～	23.0～
62～ 139.5	～12.0	～13.5	～<15.0	15.0～ 18.0	> 18.0～	20.0～	21.5～	25.0～

临床监测得知，超重和肥胖是高血压、心血管疾病和脂类代谢紊乱等慢性病的重要原因，据在北京对7～18岁中小学生的观察研究，体质指数增高（达20、即轻度肥胖）对青少年血脂、血压及腰围有明显不利影响。

三项指标综合评价法

测量儿童身高、体重所获得的数据是判断儿童健康和营养状况的重要参数，通常使用与年龄有关的单项指标，如5岁女童的身高、13岁男童的体重等，虽可就此做出儿童健康和营养状况的基本判断，但并不完整、全面，难于对儿童的体格发育做出准确的评价和提出指导性建议。为此，世界卫生组织及联合国儿童基金会推荐用与身高、体重相关的三项指标，即年龄别身高、年龄别体重及身高别体重这三项指标进行综合评价。经分析研究后，中国儿童发展中心在我国多个地区及时推广应用这种方法；实践证实，这种评价方法是客观、准确的可信方法。为使其具有可比的量化概念，随后中国儿童发展中心又进一步将每个指标的第20百分位点（P20）及第80百分位点（P80）作为界值，并定义为：测量值在P20～P80之间为中等、高于P80为高、低于P20为低，借此可较全面地了解该儿童过去、当前的健康及营养状况以便做出适宜的保健指导。由于身高别体重是反映二维测定的结果，因此以其测量值为基准结合按年龄的身高、体重，将其分为低、中、高三个组，以便做出相应可靠的评价及适宜的保健指导。

用三项指标进行综合评价可出现18种不同的营养健康情况，根据我国儿童保健机构研究总结，这18种情况的意义及相对构成比可参见表1-13。

表1-13 三项指标综合评价及其意义

身高别体重	年龄别身高	年龄别体重	评价意义	参考构成比（%）
低	低	低	既往和近期营养不良	1.1
低	中	低	目前营养不良，既往尚可	2.2
低	中	中	近期营养不良，既往尚可	1.3
低	高	低	目前营养不良	0.2
低	高	中	瘦高体型，近期营养欠佳	0.8
中	低	低	既往营养不良，目前尚可	5.7
中	低	中	既往营养不良，目前正常	1.9
中	中	低	目前营养尚可，既往欠佳	2.9
中	中	中	营养正常，中等	46.1
中	中	高	营养正常，偏重	4.1
中	高	低	高个子，偏瘦，既往欠佳	0.5
中	高	中	高个子，营养正常	9.9
中	高	高	高个子，体型匀称，营养正常	9.3
高	低	中	既往营养不良，目前营养好	0.8
高	低	高	近期肥胖，既往营养不良	0.3
高	中	中	目前营养好，中等偏胖	0.7
高	中	高	近期营养过度，肥胖	3.7
高	高	高	高大个，近期营养过剩	2.5

健康检查及评价

与营养有关的症状体征

在我国，危害儿童健康的四种常见病是肺炎、腹泻、佝偻病和贫血。而营养失衡既是这些疾病的基础，也是这些疾病发展后的必然后果。部分婴幼儿由于喂养不当、膳食安排不合理导致营养不良，因而较易发生各种疾病。通过定期健康检查既可了解儿童的生长发育状况，又能及时发现与营养素缺乏有关的症状和体征，为诊断营养性疾病提供早期线索或佐证。

尽管在家庭中家长从各方面尤其是膳食安排方面为儿童身心的健康发展尽心尽力，以及幼儿园按照卫生部门要求在儿童保健部门的指导及监督下为儿童安排和实施平衡膳食，但效果如何，家长自己是否可以客观地了解到孩子的健康状况，这就须有一个科学、客观的评定方法。首先要确定观察及检测哪些项目，以及如何评定这些项目。

想了解孩子的营养健康状况，家长可以观察和监测儿童一般的保健项目：身高、体重、口腔及牙齿，观察其状况是否与其年龄相称；并注意发现某些症状、体征所反映出的可能是潜在健康问题的线索等。现简要说明如下。

口腔及牙齿　通常应根据儿童月龄或年龄检查儿童乳牙及恒牙的情况，包括牙齿数目（参见表1-2）、牙列、龋齿、异常斑点（氟斑、四环素斑等），以及牙龈、口腔黏膜、舌咽部位有无异常。现将临床症状与可能缺乏的营养素列于表1-14供应用参考。

表1-14　临床症状体征与可能缺乏的营养素

身体部位	症状体征	可能缺乏的营养素
全身	体重低下、发育迟缓（身高不足）	能量营养素、蛋白质、钙、磷、维生素
	食欲缺乏、疲倦、乏力	维生素B_1、维生素B_2、维生素C、烟酸
	膝腱反射过敏或消失、下肢浮肿	维生素B_1、蛋白质
头发	缺少光泽、稀疏而少、易掉	能量营养素、蛋白质、维生素A、胡萝卜素
脸	鼻和唇缺少油脂、面色苍白	维生素B_2、蛋白质、必需脂肪酸
	"满月"脸	蛋白质
眼	结膜苍白、巩膜发蓝	铁（缺铁性贫血）
	毕脱斑、结膜干燥、角膜干燥或软化	维生素A、胡萝卜素
	睑炎、角膜血管新生，周边充血	维生素B_2
唇	口角炎、口角结痂、唇炎	维生素B_2
舌	猩红、舌乳头增生	烟酸
	品红舌、慢性舌炎	维生素B_2

身体部位	症状体征	可能缺乏的营养素
牙	斑釉齿	氟过多
牙龈	海绵状出血	维生素C
腺体	甲状腺肿大、腮腺肿大	碘
皮肤	干燥、毛囊角化、粉刺、瘀点	维生素A、胡萝卜素
	糙皮性皮炎、	烟酸
	皮下出血、出血点	维生素C、维生素K
	阴囊与会阴皮炎	维生素B₂
皮下组织	水肿	蛋白质
	皮下脂肪过少	能量营养素
指甲	凹形甲、匙状甲	铁
肌肉及骨骼系统	肌肉萎缩	蛋白质、能量营养素
	颅骨软化、骨骺增大、前囟迟闭、方头、"O"型腿,肋骨串珠	维生素D、维生素K、骨胶原、钙
	肌肉骨骼出血	维生素C、维生素K
脏器	肝肿大	蛋白质、能量营养素
	心脏肥大、心动过速	维生素B₁
精神神经系统	精神错乱、呆滞、智能低下	维生素B₁、烟酸、碘
	精神性运动改变	蛋白质、能量营养素
	感觉丧失、位置感丧失、震动感丧失、腓肠肌触痛、肌肉无力	维生素B₁

为了解小儿进食摄入营养素后,机体吸收、利用、储存的情况以及在体内的动态平衡,常常要检测小儿血液、体液以及排泄

物等所含有的各种营养素水平及其分解物或其他衍生化学成分。作为小范围营养研究，有很多项目可以为此提供明确的数据。但作为托幼机构，不一定要设置专人从事这些工作，而可与妇幼保健院、保健所联系定期进行某个或几个项目的检测，也包括膳食成分的检测。如欲了解膳食成分是否能满足小儿的需要，作为营养状况指标之一的贫血是通用的项目。一般只要检测血红蛋白即可，而不必检测有关铁元素及蛋白质等生化项目。关于贫血，按照世界卫生组织的建议，在海平面0.5～6岁的婴幼儿血红蛋白含量低于110克／升即可诊断为贫血。

在评价锌营养状况时，血清锌水平的下降既可能由于真正锌缺乏产生，也可能由于感染、饥饿及应激反应引起，因此应同时检测血清金属硫蛋白含量才能做出正确诊断。至于头发锌含量，只能反映小儿过去的锌营养状态，因此不宜作为是否加用强化锌食物或药品的判断依据。

其他项目如血钙、磷、碱性磷酸酶、血浆蛋白、维生素类负荷试验以及其他生化项目的检测，可在医师指导下按需要有选择地进行，不必作为评价营养状况的必备或经常项目。

预防接种

为保障儿童青少年健康，国家对儿童、中小学生直至大学生，在校的以及社会上的儿童和青少年，除鼓励锻炼身体增强体质外，还为预防多种传染病采用自动免疫方法为其接种疫苗。预防接种的效果肯定、较少发生不良反应，已是国际及我国社会普及的健康防病措施。现将儿童免疫规划—第Ⅰ类疫苗免疫程序列于表1-15，供应用参考。

表1-15　儿童免疫规划—第Ⅰ类疫苗免疫程序

年龄（月）	卡介苗	乙肝疫苗	甲肝疫苗	脊髓灰质炎疫苗	无细胞百白破疫苗	麻风二联疫苗	麻疹疫苗	麻风腮疫苗	乙脑疫苗	流脑疫苗
出生	✓	✓								
1月龄		✓								
2月龄				✓						
3月龄				✓	✓					
4月龄				✓	✓					
5月龄					✓					
6月龄		✓								✓
8月龄							✓			
9月龄										✓
1岁								✓		
1.5岁			✓		✓			✓		
2岁			✓					✓		
3岁										✓ A+C
4岁				✓						
6岁					✓ 白破		✓			

年龄(月)	卡介苗	乙肝疫苗	甲肝疫苗	脊髓灰质炎疫苗	无细胞百白破疫苗	麻风二联疫苗	麻疹疫苗	麻风腮疫苗	乙脑疫苗	流脑疫苗
小学四年级										✓ A+C
初中一年级		✓								
初中三年级					✓ 白破					
大一外地新生					✓ 白破					

说明：百白破为百日咳、白喉及破伤风的简称，麻、风为麻疹及风疹的简称，乙脑为乙型脑炎的简称，麻风腮为麻疹、风疹及流行性腮腺炎的简称，流脑为流行性脑脊髓膜炎的简称。

第二章

心理发展评价

0 ~ 1个月

发育评价填写说明

将测查结果填写在"结果"栏内。能够按标准顺利通过，用"√"表示；未能按通过标准顺利通过，用"×"表示；虽然通过但不太顺利，介于上述两种情况之间用"△"表示。

换算分值：符号"√"代表2分；符号"△"代表1分；符号"×"代表0分。将换算后的分值对应测试项目填写在"分值"栏中，最后计算出三个测试项的总分值，并填写在"总分值"一栏中。

分值解释

分值介于0 ~ 1分之间，就需要特别关注宝宝在该领域的发育情况；分值介于2 ~ 4分之间，发育情况处于一般状态；分值介于5 ~ 6分之间，说明宝宝处于较好的发育状态。

大运动

1. 对称动作

操作方法：宝宝仰卧，注意宝宝双臂及双腿的姿势和活动。

通过标准：倘宝宝两臂和两腿活动匀称，通过（倘一侧臂或腿的活动没有另侧的腿或臂一样多，且力量不等，不通过）。

2. 抬头

操作方法：让宝宝俯卧在床上。

通过标准：下颌离开床面，即能抬头片刻，通过。

3. 托腹悬空，头和下肢下垂

操作方法：双手托住宝宝胸腹部，悬空，观察宝宝头部和腿部。

通过标准：宝宝头部和腿部自然下垂，通过。

测查记录

年　月　日

项　目	结　果	分　值
项目1		
项目2		
项目3		
总分值		

 精细动作

1. 触到手指时握得更紧

操作方法：宝宝仰卧或在成人怀抱中，用木棒或者手指轻轻触动宝宝手指背或指尖（注意，不必将短棍或手指塞在宝宝手掌心中）。

通过标准：若宝宝双手握拳更紧，通过。

2. 两手握拳

操作方法：将宝宝仰卧，注意观察宝宝的双手。

通过标准：双手呈握拳状，通过。

3. 手靠近嘴边

操作方法：手握拳，当转头对着手时，可把手停留在嘴边。

通过标准：能将手靠近嘴边，通过。

测查记录

年　月　日

项　目	结　果	分　值
项目1		
项目2		
项目3		
总分值		

 社会性

1. 反应性微笑

操作方法：观察宝宝在吃饱睡足状态下，是否有自己微笑的情况。

通过标准：有过非大人逗弄的微笑，或在睡眠中有自发微笑，通过。

64

2. 能注视，不持久

操作方法：将宝宝置于仰卧位，成人面对宝宝的脸，相距20厘米。

通过标准：宝宝能明确注视成人脸，但不持久，通过。

3. 哭闹时，在成人抚慰下能停止

操作方法：宝宝哭闹时，成人将其抱起安抚。

通过标准：如果宝宝被抱起安抚时能安静下来，通过。

测查记录

年　月　日

项　目	结　果	分　值
项目1		
项目2		
项目3		
总分值		

 认知能力

1. 逗引时能注视片刻

操作方法：用摇铃或红球逗引宝宝。

通过标准：若宝宝能注视摇铃或红球片刻，通过。

2. 跟踪绒球至中线

操作方法：让宝宝仰卧脸转到一侧，把直径10厘米左右的红绒球举到离宝宝脸20厘米处，摇动绒球引起宝宝的注意。然后把绒球慢慢地移动，从一侧开始沿着弧形（或半圆形）达到宝宝头部中线，最后移动到另一侧，必要时可停止移动绒球，再引起宝宝的注意，然后再继续沿着弧形移动起来，可重复3次，注意观察宝宝的头部和眼的活动。

通过标准：宝宝双眼或头部及双眼跟着绒球抵达中点，通过。若能肯定是绒球吸引了宝宝注意力，极短暂地表示出注视的样子，但确实没有跟踪绒球，不通过。

3. 注意倾听，活动减少

操作方法：成人拿着摇铃，但不让宝宝看到（在宝宝一侧接近他耳后）轻轻摇铃。

通过标准：宝宝有下列反应之一者：眨眼睛，呼吸规律有改变，身体有轻微的动作，通过。

测查记录

年　月　日

项　目	结　果	分　值
项目1		
项目2		
项目3		
总分值		

 语言能力

1. 语言表达的准备

操作方法：注意能否听到宝宝除哭声外的细小喉音。

通过标准：宝宝除哭声外，能发出喉音，通过。

2. 听到声音能暂时停止哭泣

操作方法：宝宝哭时，呼唤他的名字。

通过标准：如能暂停哭泣，通过。

3. 用哭表达需求

操作方法：当宝宝哭泣时，大人应及时观察宝宝需求。

通过标准：亲人到来或需求满足后，即停止哭泣，通过。

测查记录

年　月　日

项　目	结　果	分　值
项目1		
项目2		
项目3		
总分值		

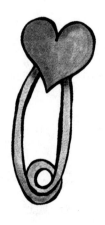

1～2个月

发育评价填写说明

1. 将测查结果填写在"结果"栏内。能够按标准顺利通过，用"√"表示；未能按通过标准顺利通过，用"×"表示；虽然通过但不太顺利，介于上述两种情况之间用"△"表示。

2. 换算分值：符号"√"代表2分；符号"△"代表1分；符号"×"代表0分。将换算后的分值对应测试项目填写在"分值"栏中，最后计算出三个测试项的总分值，并填写在"总分值"一栏中。

分值解释

分值介于0～1分之间，您就需要特别关注宝宝在该领域的发育情况；分值介于2～4分之间，发育情况处于一般状态；分值介于5～6分之间，说明宝宝处于较好的发育状态。

大运动

1. 头竖直几秒钟

操作方法：竖抱宝宝，一只手扶住他的背部，使他的头部没有支撑物。

通过标准：宝宝能保持头颈竖直瞬间，稍有晃动，通过。

2. 抬头呈45°角

操作方法：让宝宝俯卧在床上，用色彩鲜艳的玩具或摇铃，或成人呼唤吸引他抬头。

通过标准：抬头离开床面约45°角，通过。

3. 双腿活动有力

操作方法：将宝宝仰卧在床上，用手抵住宝宝的脚部。

通过标准：能无节奏反射性地有力蹬腿，通过。

测查记录

年 月 日

项 目	结 果	分 值
项目1		
项目2		
项目3		
总分值		

 精细动作

1. 吮吸拳头

操作方法：观察宝宝有无将小拳头放入口中吮吸的经历。

通过标准：能偶尔将小拳头放入口中或吮吸，通过。

2. 留握短棍

操作方法：将短棍塞在宝宝手掌心中。

通过标准：握住短棍2～3秒，通过。

3. 两手相触

操作方法：注意宝宝双手能否在身体中线相互接触。

通过标准：倘宝宝的双手能在身体中线上自然互相接触，通过。

测查记录

年　月　日

项　目	结　果	分　值
项目1		
项目2		
项目3		
总分值		

 社会性

1. 认识母亲

操作方法：观察宝宝见到母亲时的反应。

通过标准：如果宝宝见到母亲表现出活跃、高兴或安全的感觉（如宝宝哭时其他人哄不好，见到母亲后就能停止哭泣），通过。

2. 自发微笑

操作方法：在测评中，成人看着躺在床上的宝宝，不给他任何刺激，既不接触宝宝又不要出声，观察宝宝能否对成人微笑。

通过标准：任何时候宝宝能够自发地微笑，通过。

3. 夜间哺喂1～2次

操作方法：记录夜间(从下午6点以后到次日天明)哺喂次数。

通过标准：整个夜晚哺喂不超过两次，通过。

测查记录

年　月　日

项　目	结　果	分　值
项目1		
项目2		
项目3		
总分值		

 认知能力

1. 看色彩鲜艳的图画有反应

操作方法：拿几张色彩鲜艳的图画给宝宝看，观察他的反应。

通过标准：宝宝有注视、手舞足蹈，或发出声音等反应，通过。

2. 视线随球上下移动

操作方法：让宝宝仰卧在床上，在离他头部20厘米左右上下移动一直径约10厘米的红绒球。

通过标准：如宝宝视线能随红绒球上下移动，通过。

3. 视线跟随180°

操作方法：让宝宝仰卧，使宝宝的脸转到一侧，把直径约10厘米的红绒球举到离宝宝脸20厘米处，摇动绒球引起宝宝的注意。然后慢慢地移动绒球，从宝宝头部的一侧开始达到宝宝头部另一侧。可重复3次，注意观察宝宝的头部和眼的活动。

通过标准：倘宝宝双眼随头部转动180°，通过。若能肯定是绒球吸引了宝宝注意力，但宝宝没有跟踪绒球180°，不通过。

测查记录

年　月　日

项　目	结　果	分　值
项目1		
项目2		
项目3		
总分值		

语言能力

1. 对成人的语音感兴趣

操作方法：将宝宝放成仰卧位，成人在宝宝周围不同方位呼唤他。

通过标准：宝宝能注意倾听，并伴随头部扭转动作寻找发音方向，通过。

2. 发单元音

操作方法：注意宝宝是否能发出 ɑ、o、u、e的声音。

通过标准：偶尔能发出单元音，通过。

3. 偶尔出声笑

操作方法：对宝宝逗笑时，观察他是否有笑声。

通过标准：偶尔能发出笑声，通过。

测查记录

年 月 日

项 目	结 果	分 值
项目1		
项目2		
项目3		
总分值		

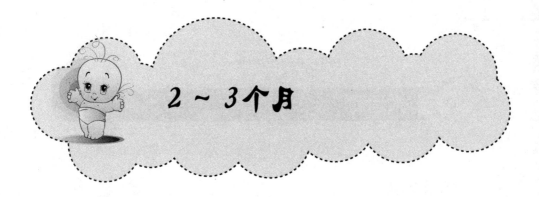

2 ~ 3个月

发育评价填写说明

1. 将测查结果填写在"结果"栏内。能够按标准顺利通过，用"√"表示；未能按通过标准顺利通过，用"×"表示；虽然通过但不太顺利，介于上述两种情况之间用"△"表示。

2. 换算分值：符号"√"代表2分；符号"△"代表1分；符号"×"代表0分。将换算后的分值对应测试项目填写在"分值"栏中，最后计算出三个测试项的总分值，并填写在"总分值"一栏中。

分值解释

分值介于0 ~ 1分之间，您就需要特别关注宝宝在该领域的发育情况；分值介于2 ~ 4分之间，发育情况处于一般状态；分值介于5 ~ 6分之间，说明宝宝处于较好的发育状态。

大运动

1. 俯卧抬头90°

操作方法：让宝宝俯卧在床上。

通过标准：要求宝宝抬起头部和胸部，使面孔与桌面垂直，即俯卧举头90°，通过。

2. 竖直抱头稳定

操作方法：将宝宝抱直。

通过标准：宝宝头部竖直，头稳定不摇动几秒，通过。

3. 弓背坐姿

操作方法：大人将宝宝放坐在一平面上。

通过标准：背呈弧形，向前倾，头可以抬起竖直几秒，身体再倾倒，通过。

测查记录

年 月 日

项 目	结 果	分 值
项目1		
项目2		
项目3		
总分值		

 精细动作

1. 吮吸手指

操作方法：观察宝宝平时是否有把手指放入口中吮吸的动作。

通过标准：吮吸单个手指或一起吮吸三四个手指，而不是整个拳头，通过。

2. 有主动抓握的动作

操作方法：把短棍或手指放在宝宝手上，如果宝宝手部有抓的动作反应，或者能看到宝宝指关节发白，说明有主动的抓握。

通过标准：若宝宝主动抓握短棍或手指，通过。

3. 玩手

操作方法：宝宝仰卧时，观察他是否有自己看手、玩手的情况。

通过标准：能将双手举至胸前看手，玩手，通过。

测查记录

年　　月　　日

项　目	结　果	分　值
项目1		
项目2		
项目3		
总分值		

 社会性

1. 社会性微笑

操作方法：宝宝仰卧，对宝宝逗笑，但勿接触他。

通过标准：倘宝宝偶尔以微笑来回答，通过。

2. 期待喂奶

操作方法：喂奶前或喂奶时观察宝宝的反应。

通过标准：看到奶瓶或妈妈的乳房，变得高兴，或喂奶时，宝宝的眼睛注视着哺喂者，兴奋地有手脚摇动的动作，通过。

3. 对成人的注意报以回应

操作方法：成人注视宝宝。

通过标准：宝宝发出咿咿呀呀的声音，或有四肢舞动，通过。

测查记录

年　月　日

项　目	结　果	分　值
项目1		
项目2		
项目3		
总分值		

 认知能力

1. 眼睛随摇铃或发声玩具做环形转动

操作方法：让宝宝仰卧，用一摇铃在其头部上、下、左、右做360°的环形转动，观察宝宝眼睛的跟随状况。

通过标准：倘宝宝能用眼跟随摇铃做360°的环形转动，通过。若肯定摇铃引起了宝宝的注意，但宝宝视线确实不跟随，不通过。

2. 注视

操作方法：宝宝坐在大人腿上靠近桌边，另一大人将手或积木放在桌面上摇动。

通过标准：宝宝能注视大人摇动的手指或积木，通过。

3. 目光跟随移动的人

操作方法：一人竖抱宝宝，妈妈在宝宝面前走来走去。

通过标准：宝宝的目光能一直跟随妈妈的身影，通过。

测查记录

年　月　日

项　目	结　果	分　值
项目1		
项目2		
项目3		
总分值		

语言能力

1. 经常笑出声

操作方法：在测查期间，逗引宝宝，注意是否笑出声过；或者询问家长。

通过标准：有过短促的笑声，通过。

2. 兴奋时呼吸急促

操作方法：在宝宝吃饱睡足时逗引他，比如举高高，做鬼脸等。

通过标准：兴奋时呼吸变得急促、加深，通过。

3. 应答

操作方法：将宝宝抱在怀中，或让他仰卧，跟宝宝说话，逗宝宝发音。

通过标准：逗弄时，宝宝常常会用咿咿呀呀声音回应或发出尖声叫，通过。

测查记录

年　月　日

项　目	结　果	分　值
项目 1		
项目 2		
项目 3		
总分值		

3 ～ 4个月

发育评价填写说明

1. 将测查结果填写在"结果"栏内。能够按标准顺利通过，用"√"表示；未能按通过标准顺利通过，用"×"表示；虽然通过但不太顺利，介于上述两种情况之间用"△"表示。

2. 换算分值：符号"√"代表2分；符号"△"代表1分；符号"×"代表0分。将换算后的分值对应测试项目填写在"分值"栏中，最后计算出三个测试项的总分值，并填写在"总分值"一栏中。

分值解释

分值介于0～1分之间，您就需要特别关注宝宝在该领域的发育情况；分值介于2～4分之间，发育情况处于一般状态；分值介于5～6分之间，说明宝宝处于较好的发育状态。

大运动

1. 仰卧到侧翻

操作方法：让宝宝仰卧在一平面上，用玩具在他身体一侧吸引注意。

通过标准：如能从仰卧位灵活地翻转到侧卧位，再从侧卧位翻转到原位，通过。

2. 扶坐稳

操作方法：将宝宝扶坐在大人腿上，或者扶坐在一平面上（床或桌子等）。

通过标准：宝宝的头颈、背部挺直，稳当，通过。

3. 俯卧够物

操作方法：让宝宝俯卧在床上，在他前面放置一个他喜欢的玩具，吸引他抬头够取。

通过标准：在宝宝双臂支撑上半身的情况下，能伸出一只手有够取玩具，通过。

测查记录

年　月　日

项　目	结　果	分　值
项目1		
项目2		
项目3		
总分值		

 精细动作

1. 手指抓衣服、被子等

操作方法：宝宝仰卧时，观察是否有用手抓、扯、拉衣服或被子的动作。

通过标准：宝宝有抓、扯、拉衣服的动作，通过。

2. 用手拉盖在脸上的布

操作方法：将手绢或一块薄薄的布轻轻盖在宝宝脸上。

通过标准：宝宝有用手拉盖在脸上的布的动作或能顺利拉开，均通过。

3. 全掌抓握

操作方法：将方积木或玩具放在宝宝面前，观察宝宝是如何拿近处的方木或玩具的。

通过标准：宝宝能一只手大把握住方木或其他玩具，抓在掌心，通过。

测查记录

年　月　日

项　目	结　果	分　值
项目1		
项目2		
项目3		
总分值		

 社会性

1. 有明显的情绪反应

操作方法：观察宝宝见到亲人时是否表现出高兴与兴奋的情绪反应；遇到不合意的事是否有明显的表情或以哭表示反抗。

通过标准：对人对事有明确的情绪反应，通过。

2. 适应小勺进食

操作方法：用小勺给宝宝喂水或辅食。

通过标准：能主动张开嘴并顺利吞咽，通过。

3. 轻拍或抱奶瓶

操作方法：把奶瓶放在宝宝手中，看是否自己能抱住奶瓶；大人用奶瓶喂宝宝喝水或奶时，看宝宝是否有用手轻拍奶瓶的动作。

通过标准：自己能抱住奶瓶，轻拍奶瓶或拍大人的手，通过。

测查记录

年 月 日

项　目	结　果	分　值
项目1		
项目2		
项目3		
总分值		

 认知能力

1. 注视握在手中的玩具

操作方法：将玩具放在宝宝手中，观察他的视线。

通过标准：如果能注视握在手中的玩具，或把弄一会儿，通过。

2. 有意识够取玩具

操作方法：宝宝坐在成人腿上，把玩具放在桌面上。

通过标准：若宝宝伸手向着玩具，不需能接触到或拿到，通过。

3. 拿一块积木，注视另一块

操作方法：将宝宝抱坐在腿上，在桌上先放一块积木，等宝宝拿到手后，再放另外一块积木。

通过标准：倘若宝宝能顺利地拿到一块积木，并再注意另外一块，通过。

测查记录

年　月　日

项　目	结　果	分　值
项目 1		
项目 2		
项目 3		
总分值		

 **语言能力**

1. 会用哭声叫人

操作方法：观察宝宝是怎样传递需求的。

通过标准：如宝宝能用哭声叫人来满足自己的需求，如需喝奶了，寂寞了，尿湿了等，通过。

2. 不愉快时发音叫

操作方法：在遇到不愉快时发出（嗯，怒，怨）声音。

通过标准：宝宝会用这种方式表达情绪，而不是哭声，通过。

3. 问答反应

操作方法：在日常护理及交流过程中，观察宝宝是否能对大人的言语做出"问答式"反应。

通过标准：如果在跟他说话后，宝宝偶尔能用他自己的任何语音方式作出"一问一答"回应，好像在跟大人交流一样，通过。

中国婴幼儿身心成长指南

0～3岁宝宝同步成长评测

测查记录

年　月　日

项　目	结　果	分　值
项目1		
项目2		
项目3		
总分值		

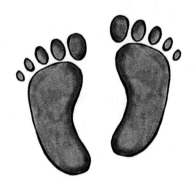

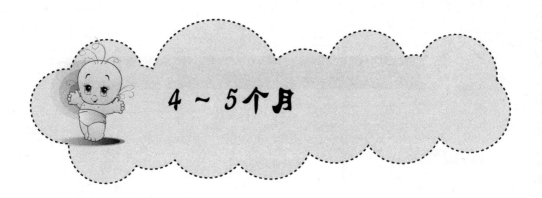

4 ～ 5个月

发育评价填写说明

1. 将测查结果填写在"结果"栏内。能够按标准顺利通过，用"√"表示；未能按通过标准顺利通过，用"×"表示；虽然通过但不太顺利，介于上述两种情况之间用"△"表示。

2. 换算分值：符号"√"代表2分；符号"△"代表1分；符号"×"代表0分。将换算后的分值对应测试项目填写在"分值"栏中，最后计算出三个测试项的总分值，并填写在"总分值"一栏中。

分值解释

分值介于0 ～ 1分之间，您就需要特别关注宝宝在该领域的发育情况；分值介于2 ～ 4分之间，发育情况处于一般状态；分值介于5 ～ 6分之间，说明宝宝处于较好的发育状态。

大运动

1. 拉坐起

操作方法：让宝宝仰卧，轻轻拉宝宝的手腕，使其上半身与床面呈大约15°。

通过标准：拉坐起时，如宝宝有往前伸头，抬起肩膀的动作，通过。

2. 两腿高举

操作方法：让宝宝仰卧在一平面上，看宝宝是否能高举双腿。

通过标准：双腿能高举至胸前，通过。

3. 蹦跳

操作方法：扶宝宝腋下，站立在大人腿面。

通过标准：扶站时使劲跳，脚尖着地，但是脚能够放平以支撑部分体重，通过。

测查记录

年　月　日

项　目	结　果	分　值
项目1		
项目2		
项目3		
总分值		

 精细动作

Ⅰ. 主动触摸

操作方法：将宝宝感兴趣的玩具放在身旁。

通过标准：宝宝能够主动伸手去触摸玩具，通过。

2. 指端掌根抓握

操作方法：让宝宝坐于大人腿上，放一块边长2.5厘米的方形积木或直径为2.5厘米的瓶盖在桌子上。

通过标准：宝宝能用手指扒拉玩具并抓在手中，通过。

3. 双手各持一玩具

操作方法：给宝宝每只手各递一个玩具。

通过标准：两只手都能拿稳玩具，或拿玩具挥舞，通过。

测查记录

年　月　日

项　目	结　果	分　值
项目1		
项目2		
项目3		
总分值		

 社会性

1. 主动与人交往

操作方法：婴儿见到人可伸手够，拉人或以发音的方式与人交往。

通过标准：婴儿有伸手够、拉人或发音的行为，通过。

2. 看见镜中人会笑

操作方法：妈妈抱宝宝一起照镜子，观察宝宝看到镜中妈妈影像的反应。

通过标准：宝宝看见镜子中的妈妈会有身体前倾扑抱，微笑、观看、咿呀发声，通过。

3. 区分陌生人

操作方法：观察宝宝见到陌生人后的反应。

通过标准：见到陌生人有躲避的眼神、表情或动作，通过。

测查记录

年　月　日

项　目	结　果	分　值
项目1		
项目2		
项目3		
总分值		

 认知能力

1. 注意小丸

操作方法：宝宝坐在成人腿上靠近桌边，使他的手能放在桌面上，在桌上宝宝能够到的地方，放一粒小丸（小豆或葡萄干），成人可用手指点着小丸，以引起宝宝注意。观察宝宝是否看着小丸（小丸与桌面颜色对比分明）。

通过标准：宝宝看着小丸，通过。若宝宝不去注视小丸而是注视成人手指或手，不通过。

2. 坐着追找落下的球

操作方法：宝宝坐在成人腿上，成人拿出红球以引起宝宝的注意。当他注视着红球时，成人放开手，让球落下，超出宝宝视线范围。

通过标准：宝宝追视红球或想要看球滚向哪儿，通过。

3. 两只手各拿一块积木，还注视第三块

操作方法：让宝宝坐在大人腿上，给他两手各一块积木，拿出第三块积木吸引他注意。

通过标准：如果宝宝能注视第三块积木，或有扔掉积木够取的意愿，通过。

测查记录

年 月 日

项 目	结 果	分 值
项目1		
项目2		
项目3		
总分值		

 语言能力

1. 叫名字有反应，注视并微笑

操作方法：宝宝坐在成人腿上或桌上，面对成人，另一人走到宝宝背后接近宝宝耳后20厘米处，轻声耳语般地呼唤宝宝名字数次。注意勿使自己呼出的气接触宝宝（因为有时宝宝会转向他感觉到有呼气的地方，而不转向声音）。

通过标准：宝宝向着声音的方向转头，注视并微笑，通过。

2. 主动发音

操作方法：带宝宝看他喜欢的人、玩具或图片。

通过标准：看到熟悉的人或物会主动发出声音，通过。

3. 开始发 g、h、l 等音

操作方法：除了发出 ba、ma 的音外，观察宝宝是否能更频繁地发出更多语音。

通过标准：开始发出 g、h、l 等音，通过。

测查记录

年　月　日

项　目	结　果	分　值
项目1		
项目2		
项目3		
总分值		

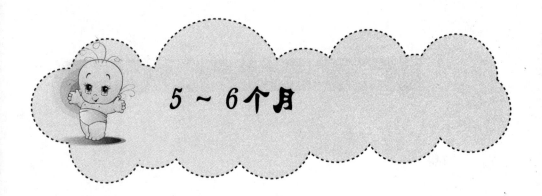

5～6个月

发育评价填写说明

1. 将测查结果填写在"结果"栏内。能够按标准顺利通过，用"√"表示；未能按通过标准顺利通过，用"×"表示；虽然通过但不太顺利，介于上述两种情况之间用"△"表示。

2. 换算分值：符号"√"代表2分；符号"△"代表1分；符号"×"代表0分。将换算后的分值对应测试项目填写在"分值"栏中，最后计算出三个测试项的总分值，并填写在"总分值"一栏中。

分值解释

分值介于0～1分之间，您就需要特别关注宝宝在该领域的发育情况；分值介于2～4分之间，发育情况处于一般状态；分值介于5～6分之间，说明宝宝处于较好的发育状态。

大运动

1. 翻身

操作方法：观察宝宝翻身的动作。

通过标准：宝宝在适当帮助下能从仰卧滚向俯卧，或从俯卧滚向仰卧，全部翻转，通过。

2. 用双臂支撑坐稳（蛤蟆坐）

操作方法：扶宝宝坐在较硬的平面上，在肯定不致倾倒的情况下，慢慢地放松两手，允许宝宝采取各种方法帮助自己撑住坐着。

通过标准：独自坐5秒或更长时间，通过。

3. 扶腋下，能站立片刻

操作方法：扶宝宝的腋下，让其站在桌面上。

通过标准：如宝宝能站立片刻，通过。

测查记录

年　月　日

项　目	结　果	分　值
项目1		
项目2		
项目3		
总分值		

 精细动作

1. 扒弄小丸

操作方法：抱坐，把宝宝一只手放在桌面上，将一粒葡萄干直落在宝宝面前，用手击打桌面，引起宝宝注意。

通过标准：若宝宝用手扒弄葡萄干（小丸），并成功碰到，通过。

2. 五指配合抓东西

操作方法：观察宝宝抓、拿东西时是否需手指的配合。

通过标准：用拇指与其他四指配合抓物，通过。

3. 抓取蒙在脸上的薄布

操作方法：让宝宝仰卧在床上，与他玩"藏蒙蒙"游戏，用张薄布盖在他的脸上。

通过标准：宝宝能自己成功用手抓掉薄布，通过。

测查记录

年　月　日

项　目	结　果	分　值
项目1		
项目2		
项目3		
总分值		

 社会性

1. 自己吃饼干

操作方法：了解宝宝能否自己吃饼干。可当场试验。

通过标准：倘宝宝能自己拿着吃两三口，通过。

2. 设法拿够不到的玩具

操作方法：把宝宝喜欢的一件玩具放在桌面上，宝宝刚刚够不到的地方为限。

通过标准：倘宝宝表现企图够玩具的动作，通过。若一臂或双臂或躯干表示伸张动作，企图获得玩具，通过。（不必苛求把玩具拿到手）。

3. 会玩"藏猫猫"

操作方法：一人抱宝宝，一人在门后或帘子后与宝宝玩藏猫猫游戏。

通过标准：宝宝有主动用眼睛或前倾身体去寻找的动作，通过。

测查记录

年　月　日

项　目	结　果	分　值
项目1		
项目2		
项目3		
总分值		

 认知能力

1. 寻找被遮盖的物体

操作方法：当着宝宝的面，让他看见喜欢的玩具被盖在布或纸下面。

通过标准：能主动拉开布或纸去寻找玩具，通过。

2. 观察细小物品

操作方法：生活中，观察宝宝是否对玩具上的小物件或者大人衣服上的细小装饰品，如拉链、纽扣感兴趣。

通过标准：能有兴致的拨弄、查看，通过。

3. 主动检起掉下的东西

操作方法：观察宝宝玩玩具过程中，是否能有意去够取掉落的玩具。

通过标准：能有意够取，不一定准确够到，也通过。

测查记录

年　月　日

项目	结果	分值
项目1		
项目2		
项目3		
总分值		

语言能力

1. 说 baba，mama 无所指

操作方法：注意宝宝是否会说 baba、mama 这两个音。

通过标准：宝宝说出 baba、mama 中的一个，通过，说出时不必联系到父母。

2. 快速寻找声源

操作方法：竖抱宝宝，妈妈在他身后大声说话或呼唤宝宝名字。

通过标准：宝宝能立即转头寻找，反应比较迅速，通过。

3. 语调多变

操作方法：观察生活中宝宝的语调。

通过标准：宝宝可以用多种语调表示他的需要或情绪，通过。

测查记录

年　月　日

项　目	结　果	分　值
项目1		
项目2		
项目3		
总分值		

6～7个月

发育评价填写说明

1. 将测查结果填写在"结果"栏内。能够按标准顺利通过，用"√"表示；未能按通过标准顺利通过，用"×"表示；虽然通过但不太顺利，介于上述两种情况之间用"△"表示。

2. 换算分值：符号"√"代表2分；符号"△"代表1分；符号"×"代表0分。将换算后的分值对应测试项目填写在"分值"栏中，最后计算出三个测试项的总分值，并填写在"总分值"一栏中。

分值解释

分值介于0～1分之间，您就需要特别关注宝宝在该领域的发育情况；分值介于2～4分之间，发育情况处于一般状态；分值介于5～6分之间，说明宝宝处于较好的发育状态。

大运动

1. 扶站片刻

操作方法：扶着宝宝腋下帮他站立起来。

通过标准：能在扶助下站立片刻，通过。

2. 独立坐直

操作方法：让宝宝独自坐在平面上，周围没有支撑或依靠物。

通过标准：能独自坐10秒以上，通过。

3. 匍匐爬

操作方法：让宝宝俯卧在平面上，在他前面用一个他喜欢的玩具吸引他，成人观察他的四肢动作。

通过标准：能以腹部为支点匍匐爬行；或以腹部为支点旋转；或双腿弯曲有爬的动作，通过。

测查记录

年 月 日

项 目	结 果	分 值
项目1		
项目2		
项目3		
总分值		

精细动作

1. 两手同时拿两块积木 10 秒以上

操作方法：将两块积木分别送到宝宝手中。

通过标准：两手能同时各握一块积木，通过。

2. 挠指抓握

操作方法：将方木放于宝宝面前，观察手抓握方木动作。

通过标准：用拇指、食指和中指端拿起方木，方木与手掌间有空隙，通过。

3. 低级剪式抓握

操作方法：宝宝坐在桌前，将一粒小丸直落在宝宝面前够得到的地方。

通过标准：若宝宝用拇指和食指的侧面抓小丸，不一定成功抓起，也通过。

测查记录

年　月　日

项　目	结　果	分　值
项目1		
项目2		
项目3		
总分值		

社会性

1. 自己握住奶瓶吃奶

操作方法：哺喂时，将奶瓶递到宝宝手中。

通过标准：能自己握住奶瓶吃奶，不一定稳定，通过。

2. 明显的出现"分离焦虑"

操作方法：观察宝宝突然被陌生人抱的反应。

通过标准：出现挣脱、哭的反抗，通过。

3. 能辨别愤怒的说话声

操作方法：观察宝宝听到激烈的争吵声时的反应。

通过标准：表现出害怕、恐惧或烦躁不安，通过。

测查记录

年 月 日

项 目	结 果	分 值
项目1		
项目2		
项目3		
总分值		

 认知能力

1. 将积木在手中传递

操作方法：给宝宝一块积木，看他会不会从一手递向另一手。为鼓励他传递，成人先给宝宝一块方木，然后拿第二块方木，递到他握第一块方木的手前，宝宝常会把第一块方木递交另一只手，而用这只手接受第二块方木。

通过标准：倘宝宝不通过躯干，或桌面，而把一手中的积木递交给另一手，通过。倘观察不到，可根据以往观察经验，宝宝能否把小物件从一手换到另一只手，但会传递有柄的物件不算，如拨浪鼓。

2．拉绳取物

操作方法：将宝宝的玩具用一根绳子系住，将绳子放在他的手边能够到处，而将玩具放在远处。

通过标准：能通过拽动绳子取到玩具，通过。

3．深度知觉

操作方法：将宝宝放在高台上（床沿或桌子上），成人在旁边保护并观察他的反应。

通过标准：到高台边沿时，停止不前，犹豫不决，通过。

测查记录

年　月　日

项　目	结　果	分　值
项目1		
项目2		
项目3		
总分值		

语言能力

1. 模仿学语音

操作方法：成人发出的声音，宝宝能否模仿。

通过标准：倘宝宝发出的某种声音和他在1分钟内刚听到的声音相仿，通过。

2. 用不同语调表达态度

操作方法：观察宝宝是否会用一定的语调表达自己的态度。

通过标准：如能用尖叫声或急促上扬的语调，伴以蹬腿、伸手要抱的动作，表明不愿意躺下；用哼哼等语调伴以扭头表示不愿意吃东西等。

3. 重复发音

操作方法：观察宝宝的发音。

通过标准：能重复发连续的语音，并对发音表示兴趣和喜悦，通过。

测查记录

年　月　日

项　目	结　果	分　值
项目1		
项目2		
项目3		
总分值		

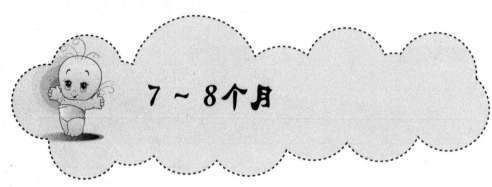

7～8个月

发育评价填写说明

1. 将测查结果填写在"结果"栏内。能够按标准顺利通过，用"√"表示；未能按通过标准顺利通过，用"×"表示；虽然通过但不太顺利，介于上述两种情况之间用"△"表示。

2. 换算分值：符号"√"代表2分；符号"△"代表1分；符号"×"代表0分。将换算后的分值对应测试项目填写在"分值"栏中，最后计算出三个测试项的总分值，并填写在"总分值"一栏中。

分值解释

分值介于0～1分之间，您就需要特别关注宝宝在该领域的发育情况；分值介于2～4分之间，发育情况处于一般状态；分值介于5～6分之间，说明宝宝处于较好的发育状态。

大运动

1. 独坐稳

操作方法：让宝宝坐着玩玩具，观察他的坐姿。

通过标准：不用手支撑，坐姿稳当，独坐10分钟以上，通过。

2. 独坐前倾，再坐直

操作方法：宝宝坐着玩耍时，将他喜爱的玩具放在他前面需身体前倾才能够到的地方。

通过标准：能前倾身体再坐直，通过。

3. 扶物站立

操作方法：将宝宝放在沙发边或床沿边。

通过标准：能扶物独自站立玩一会儿，无需人帮助，通过。

测查记录

年　月　日

项　目	结　果	分　值
项目1		
项目2		
项目3		
总分值		

精细动作

1. 平剪式抓握

操作方法：将一粒小丸放在宝宝能触及的桌面上。

通过标准：宝宝能用拇指和屈曲的食指侧面抓起小丸，其他手指放松，通过。

2. 拿掉玩具上的盖物

操作方法：当着宝宝的面，将他喜爱的玩具盖在一块布下。

通过标准：如宝宝能扯去盖在玩具上的布，通过。

3. 能有意摇响响铃玩具

操作方法：让宝宝玩拨浪鼓或手摇铃。

通过标准：如能主动摇响玩具至少连续10秒钟，通过。

测查记录

年　月　日

项　目	结　果	分　值
项目1		
项目2		
项目3		
总分值		

社会性

1. 玩拍手游戏

操作方法：和宝宝玩拍手或挥手再见的游戏，但不要接触他的手或手臂。

通过标准：宝宝曾玩过拍手游戏或会挥手再见，即通过。倘宝宝对这种逗引有反应，也通过。

2. 要抱

操作方法：亲人走近宝宝，看他有何反应。

通过标准：比如知道伸手要抱抱，通过。

3. 对镜中的自己感兴趣

操作方法：带宝宝一起照镜子，观察他对镜中自己的反应。

通过标准：会拍打或亲镜子里的自己，通过。

测查记录

年　月　日

项　目	结　果	分　值
项目1		
项目2		
项目3		
总分值		

认知能力

1. 从杯中取方木

操作方法：将杯子及方木置于宝宝面前，当着宝宝面将方木放在杯子里，用动作示意他取出。

通过标准：取出（无论用什么方法），通过。

2. 尝试"拿出"和"放入"

操作方法：给宝宝一个空盒子和一些小积木或乒乓球。

通过标准：如果宝宝能够把这些小物件从盒子里"拿出"然后再"放入"，通过。

3. 找东西

操作方法：将宝宝正在玩的东西突然藏起来，观察宝宝的反应。

通过标准：宝宝有四下寻找的动作，或疑惑的表情，通过。

测查记录

年　月　日

项　目	结　果	分　值
项目1		
项目2		
项目3		
总分值		

 语言能力

1. 模仿咳嗽声、舌头咔嗒声、咂舌声

操作方法：注意在生活中是否听到过宝宝偶尔模仿的咳嗽，发出的弹舌头等口腔声音。

通过标准：出现过，通过。

2. 听到"妈妈"，会把头转向妈妈

操作方法：对无意间听到的"妈妈"的音，观察宝宝的反应。

通过标准：如能把头转向妈妈，通过。

3. 能理解少量词

操作方法：竖抱宝宝，对他发常见的音，如"奶瓶"，"灯"。

通过标准：宝宝能用眼睛寻找，通过。

测查记录

年　月　日

项　目	结　果	分　值
项目1		
项目2		
项目3		
总分值		

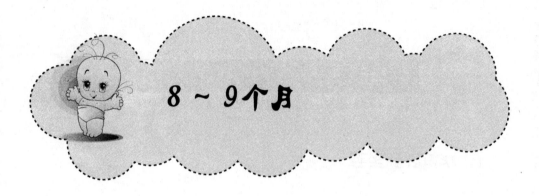

8～9个月

发育评价填写说明

1. 将测查结果填写在"结果"栏内。能够按标准顺利通过，用"√"表示；未能按通过标准顺利通过，用"×"表示；虽然通过但不太顺利，介于上述两种情况之间用"△"表示。

2. 换算分值：符号"√"代表2分；符号"△"代表1分；符号"×"代表0分。将换算后的分值对应测试项目填写在"分值"栏中，最后计算出三个测试项的总分值，并填写在"总分值"一栏中。

分值解释

分值介于0～1分之间，您就需要特别关注宝宝在该领域的发育情况；分值介于2～4分之间，发育情况处于一般状态；分值介于5～6分之间，说明宝宝处于较好的发育状态。

大运动

1. 从俯卧到坐姿

操作方法：让宝宝趴在平面上（床或地板），用玩具逗引他立身坐起。

通过标准：如能完成以上动作，或曾经出现过从爬/趴到自己坐起，均通过。

2. 自己从坐姿拉物会站起

操作方法：将宝宝放在一个有把手儿的柜子或抽屉前。

通过标准：能利用把手儿从坐姿拉物站起，通过；如曾经有过这样的经历，均通过。

3. 能自己坐下

操作方法：拉宝宝站立起来，观察宝宝不扶物能否自己坐下。

通过标准：可以自己坐下，通过。

测查记录

年　月　日

项　目	结　果	分　值
项目1		
项目2		
项目3		
总分值		

 精细动作

1. 成功检拾

操作方法：宝宝坐在桌前，将一粒小丸直落在宝宝面前够得到的地方。

通过标准：若宝宝用拇指和屈曲食指能成功抓起小丸，通过。

2. 抠洞眼

操作方法：给宝宝提供带小孔、小洞的玩具，如带眼的珠子等。

通过标准：宝宝用手指抠珠孔，或者曾经用手指抠毛绒动物的鼻孔、扣眼、钥匙孔等，均通过。

3. 会用食指指东西

操作方法：观察生活中宝宝提需求时的方式，或问宝宝"灯在哪？"观察他的反应。

通过标准：能用食指指出，通过。

测查记录

年　月　日

项　目	结　果	分　值
项目1		
项目2		
项目3		
总分值		

 社会性

1. 模仿挥手再见

操作方法：与宝宝挥手表示再见或抱拳表示谢谢，要宝宝模仿。

通过标准：宝宝对这种逗引也有挥手反应，通过。

2. 用自己的方式逗人笑

操作方法：当你对宝宝的某个动作或行为（如他"飞吻"或

"挤眉弄眼")表示愉悦时,观察宝宝的反应。

通过标准:宝宝非常乐意用同样的方法逗大人玩,通过。

3. 自己吃食物

操作方法:给宝宝准备些块状食物,如香蕉块、煮胡萝卜块、面包块等,鼓励他自己拿着吃。

通过标准:自己能拿着送到嘴里吃,通过。

测查记录

年 月 日

项 目	结 果	分 值
项目1		
项目2		
项目3		
总分值		

 认知能力

1. 会从抽屉里取出玩具

操作方法:当着宝宝面将抽屉拉开取出玩具,重复几次。

通过标准：宝宝能模仿"拉开抽屉""取出玩具"的动作，即通过。

2. 追看移动的小物体

操作方法：给宝宝玩能移动的玩具，或带他到户外观察他看到运动的小物体（小狗跑，小鸟、蝴蝶飞）的反应。

通过标准：目光能有目的地持续追踪移动的小物体，通过。

3. 拍打游戏

操作方法：给宝宝一个杯子和一块小方木（也可用能发出敲打响声的其他玩具代替，如鼓和鼓槌）。

通过标准：宝宝能拿方木敲打杯子发出响声，通过。

测查记录

年　月　日

项　目	结　果	分　值
项目1		
项目2		
项目3		
总分值		

语言能力

1. 倾听他人

操作方法：观察宝宝对大人的交谈声或者歌曲声的反应。

通过标准：如表现出"竖起耳朵"倾听或感兴趣的样子，通过。

2. 听懂简单指令

操作方法：对宝宝发出常用简单指令，如"再见"、"谢谢"、"拍手"、"抱抱"等。

通过标准：宝宝能根据指令做出反应和动作，通过。

3. 说出一个字

操作方法：观察在生活中是否能说出一个字的音。

通过标准：能发出一个字的音（不一定清晰），如"不"，通过。

测查记录

年　月　日

项　目	结　果	分　值
项目1		
项目2		
项目3		
总分值		

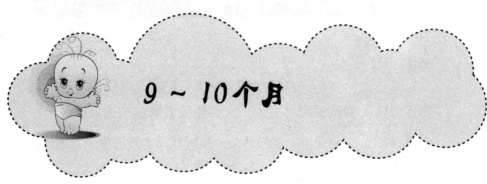

9～10个月

发育评价填写说明

1. 将测查结果填写在"结果"栏内。能够按标准顺利通过，用"√"表示；未能按通过标准顺利通过，用"×"表示；虽然通过但不太顺利，介于上述两种情况之间用"△"表示。

2. 换算分值：符号"√"代表2分；符号"△"代表1分；符号"×"代表0分。将换算后的分值对应测试项目填写在"分值"栏中，最后计算出三个测试项的总分值，并填写在"总分值"一栏中。

分值解释

分值介于0～1分之间，您就需要特别关注宝宝在该领域的发育情况；分值介于2～4分之间，发育情况处于一般状态；分值介于5～6分之间，说明宝宝处于较好的发育状态。

大运动

1. 独站瞬间

操作方法：扶宝宝站在地上，看他已站稳，放开扶持宝宝的双手。

通过标准：宝宝独站2秒或更多，通过。

2. 手膝爬

操作方法：观察宝宝爬行时的动作。

通过标准：由以前的匍匐爬（肚子贴着爬行面）到现在双手与膝盖配合的爬行，肚子离开爬行面，通过。

3. 拉物站起

操作方法：让宝宝拉着硬物（桌、椅、围栏等）能站起来。

通过标准：自己拉物站起，不用成人帮助，通过。

测查记录

年　月　日

项　目	结　果	分　值
项目1		
项目2		
项目3		
总分值		

 精细动作

1. 双手分工协作

操作方法：观察宝宝玩玩具时手部的配合动作。

通过标准：如能一只手拿玩具，一只手摆弄玩具，通过。

2. 翻书

操作方法：给宝宝一本图画书。

通过标准：如能用手几页几页地翻书，通过。

3. 捏物入小瓶

操作方法：给宝宝一个口径约2厘米的小塑料瓶和几粒小丸（葡萄干、绿豆等）。

通过标准：宝宝能用拇指和食指捏起小葡萄干放入小瓶，通过。

测查记录

年 月 日

项　目	结　果	分　值
项目1		
项目2		
项目3		
总分值		

 社会性

1. 会表示需要

操作方法：观察宝宝需要东西时如何表示。

通过标准：宝宝要东西时会指点、拉人去或讲出一个字，通过。以哭表示，不通过。

2. 配合穿衣

操作方法：观察给宝宝穿衣时他是否能配合。

通过标准：如宝宝的手进袖后会伸胳膊，通过。

133

3. 受感染地哭

操作方法：观察宝宝遇见其他小朋友哭的情形。

通过标准：如果宝宝也表现出伤心、撇嘴想哭或哭出声，通过。

测查记录

年　月　日

项　目	结　果	分　值
项目1		
项目2		
项目3		
总分值		

 认知能力

1. 拿掉扣方木的杯子玩方木

操作方法：当着宝宝面，用杯子将方木扣住，让宝宝找方木。

通过标准：宝宝将扣着方木的杯子拿掉，拿方木玩，通过。

2. 能回忆起不良刺激

操作方法：观察宝宝对不良刺激物的反应，比如被热水烫过、去医院打针后对情境再现时的反应。

通过标准：看到烫他的器皿表现出惧怕、躲闪；看到穿白大褂的人或针管有逃脱的表现或者拒绝接近，通过。

3. 伸手把玩具给人

操作方法：宝宝玩玩具时，问他要；或者让他把玩具递给另外一个人。

通过标准：如果他能伸手把玩具递出去，或者有递出去的动作，却不松手，都通过。

测查记录

年　月　日

项　目	结　果	分　值
项目 1		
项目 2		
项目 3		
总分值		

 语言能力

1. 能发出除"爸"、"妈"外的另一个字的音

操作方法：观察宝宝的发音数量。

通过标准：除能发出"爸"、"妈"的音外，还能能发出别的字音，如"哥"、"灯"，但发音不一定清楚，也通过。

2. 表示"不"

操作方法：观察宝宝对不愿意做或吃的时候的反应。

通过标准：能摇头或摇手表示"不"，通过。

3. 指出身体部位

操作方法：面对面和宝宝坐好，问："你的头在哪？""你的眼睛在哪？""你的鼻子在哪？"

通过标准：能用手指出，或用眨眼，蹙鼻子等动作表示出三处人体部位，通过。

测查记录

年　月　日

项　目	结　果	分　值
项目1		
项目2		
项目3		
总分值		

10 ～ 11个月

发育评价填写说明

1. 将测查结果填写在"结果"栏内。能够按标准顺利通过，用"√"表示；未能按通过标准顺利通过，用"×"表示；虽然通过但不太顺利，介于上述两种情况之间用"△"表示。

2. 换算分值：符号"√"代表2分；符号"△"代表1分；符号"×"代表0分。将换算后的分值对应测试项目填写在"分值"栏中，最后计算出三个测试项的总分值，并填写在"总分值"一栏中。

分值解释

分值介于0～1分之间，您就需要特别关注宝宝在该领域的发育情况；分值介于2～4分之间，发育情况处于一般状态；分值介于5～6分之间，说明宝宝处于较好的发育状态。

大运动

1. 独站10秒

操作方法：让宝宝站在地上，看他已站稳，放开扶持的双手；或让宝宝扶物站，用玩具逗引他松开手，独站。

通过标准：宝宝独站10秒或更长时间，通过。

2. 弯腰、扶物捡拾东西

操作方法：让宝宝扶物站好，在他的脚下放一个玩具，用语言或动作鼓励他蹲下去取。

通过标准：如宝宝能扶物弯下腰，或扶物蹲下捡拾玩具，再站直身体，通过。

3. 扶家具走

操作方法：让宝宝扶着家具（如沙发或床沿）或者某一平面物（墙面）走一段。

通过标准：能扶物走一段，通过。

测查记录

年　月　日

项　目	结　果	分　值
项目1		
项目2		
项目3		
总分值		

 精细动作

1. 拿绳

操作方法：将一段绒线绳放在宝宝面前，示意宝宝去拿。

通过标准：能立即拿起来，通过。

2. 会打开包糖的纸

操作方法：将一块糖或宝宝爱吃的小零食用纸包起来，当着宝宝面帮他打开一次。然后再包起来，请宝宝自己取出。

通过标准：能打开纸包，或撕开，均通过。

3. 打开瓶盖

操作方法：给宝宝一个塑料小瓶，示意他可以打开瓶盖。

通过标准：能有打开瓶盖的动作，不一定完全打开，通过。

测查记录

年　月　日

项　目	结　果	分　值
项目1		
项目2		
项目3		
总分值		

社会性

1. 在帮助下，用杯子喝水

操作方法：将盛好水的杯子递到宝宝嘴边，观察宝宝用杯子喝水的情况。

通过标准：能喝到杯子里的水，洒出的不多，通过。

2. 与人玩球

操作方法：把球滚向宝宝，让他把球滚回来或扔回来。

通过标准：倘宝宝把球向着成人滚回或扔回，通过。用手拿球送到成人手里，不通过。

3. 配合穿裤子

操作方法：观察给宝宝穿裤子时的配合情况，如让他"抬脚"，"伸腿"。

通过标准：如能配合大人的动作与语言，通过。

测查记录

年　月　日

项　目	结　果	分　值
项目1		
项目2		
项目3		
总分值		

 认知能力

1. 将方木放入杯中

操作方法：用语言和动作同时引导宝宝将方木放到杯中。

通过标准：拿起方木放到杯中，通过。

2. 认图识物

操作方法：大人说名称，让宝宝指出图卡上的常见物品，如"衣服"、"手"等。

通过标准：如能正确指认5个以上，通过。

3. 随音乐或童谣做动作

操作方法：在宝宝听熟悉的音乐或童谣时，看他能否模仿大人做动作（如小白兔，耳朵长……）

通过标准：如能做些简单动作（如把手放在头上），通过。

测查记录

年　月　日

项　目	结　果	分　值
项目1		
项目2		
项目3		
总分值		

 **语言能力**

1. 手势语

操作方法：问宝宝常用物品放在哪，如"你的玩具小熊在哪？"或问宝宝亲近的人在哪？

通过标准：会使用手势指出，或用手势表示自己的需求，通过。例如，当想要饼干时，会指向饼干盒。

2. 理解"不"的意思

操作方法：当宝宝做不允许的动作时，对他说"不行"、"不可以"，或者对他做表示"不"的动作和表情。

通过标准：能理解大人"不"的意思，可以停止活动，通过。

3. 会随音乐做动作

操作方法：给宝宝播放一段欢快的音乐或者他熟悉的儿歌。

通过标准：能随音乐节拍摇摆或者做动作，通过。

测查记录

年　月　日

项　目	结　果	分　值
项目1		
项目2		
项目3		
总分值		

11～12个月

发育评价填写说明

1. 将测查结果填写在"结果"栏内。能够按标准顺利通过，用"√"表示；未能按通过标准顺利通过，用"×"表示；虽然通过但不太顺利，介于上述两种情况之间用"△"表示。

2. 换算分值：符号"√"代表2分；符号"△"代表1分；符号"×"代表0分。将换算后的分值对应测试项目填写在"分值"栏中，最后计算出三个测试项的总分值，并填写在"总分值"一栏中。

分值解释

分值介于0～1分之间，您就需要特别关注宝宝在该领域的发育情况；分值介于2～4分之间，发育情况处于一般状态；分值介于5～6分之间，说明宝宝处于较好的发育状态。

大运动

1. 独站稳

操作方法：宝宝独站时，大人在他身后叫他的名字。

通过标准：能独站一会儿，并且转头灵活，通过。

2. 轻轻地扔球

操作方法：把球递给宝宝，让他把球给成人。

通过标准：若宝宝能把球扔出或抛给成人，不必举手过肩扔，即可通过。

3. 拉一只手能走

操作方法：拉着宝宝一只手，牵着他走路。

通过标准：能走几步，通过。

测查记录

年　月　日

项　目	结　果	分　值
项目1		
项目2		
项目3		
总分值		

精细动作

1. 能搭两块积木

操作方法：给宝宝两块积木，给他做示范动作，用两块积木"搭高高"。

通过标准：如宝宝能模仿搭起两块积木，通过。

2. 全掌握笔留下笔迹

操作方法：给宝宝一支彩笔，观察他拿笔及画图。

通过标准：如能全掌握笔，并在纸上留下些笔迹，通过。

3. 有意识扔东西

操作方法：观察宝宝是否曾有过故意要把东西扔在某处的经历；或者递给他一个物件，用语言指示他"扔"。

通过标准：如有过反复将某物扔到某处的经历，通过；如能按大人指示松开手扔下东西，也通过。

测查记录

年　月　日

项　目	结　果	分　值
项目1		
项目2		
项目3		
总分值		

 社会性

I."抢"玩具

操作方法：观察宝宝看到自己喜欢的玩具时的表现。

通过标准：有"拿"的意愿，如能从别的小朋友手中去"拿/抢"玩具，不一定拿到手，通过。

2. 会害羞表示不好意思

操作方法：观察当宝宝做了错事(如尿湿裤子、将牛奶倒在地上)时的反应。

通过标准：如出现害羞的表情或样子，通过；如在生活中也出现过其他令宝宝害羞的事，他明确表现出来，也通过。

3. 把玩具给镜中的影像

操作方法：让宝宝在大镜子前玩玩具，指示他看镜子中的影像。

通过标准：如能将玩具递给镜子中的影像，通过。

测查记录

年　月　日

项　目	结　果	分　值
项目1		
项目2		
项目3		
总分值		

认知能力

1. 自发乱画

操作方法：放一张白纸、一支铅笔在宝宝面前。成人可把铅笔放在宝宝手中，但不要做示范。

通过标准：倘宝宝在纸上有目的地画出两种或更多的画痕，通过，（偶然的记号和无目的地用铅笔在纸上乱画或乱点，不通过。）倘当时观察不到，平时能在没有成人帮助时自己乱画，亦通过。

2. 放积木入杯

操作方法：给宝宝5块积木和1个小杯子。

通过标准：如能自发或者经提示将5块积木都放入杯中，通过。

3. 认一种颜色

操作方法：让宝宝找出红、黄、蓝色积木里的红颜色。

通过标准：如能准确找出，通过。

测查记录

年　月　日

项　目	结　果	分　值
项目1		
项目2		
项目3		
总分值		

 语言能力

1. 根据指令递东西

操作方法：让宝宝帮忙递常见物品，如"把帽子递给妈妈"，

"把书给爸爸"，"伸出小手"等。

通过标准：能完成三个指令中的两个，通过。

2. 自言自语

操作方法：观察宝宝是否有过好似"叽叽咕咕"的自言自语的情况。

通过标准：出现过好像说话的发音活动，通过。

3. 能说4个不同的字

操作方法：观察宝宝在生活中是否说出过4个不同的字。

通过标准：能说除"baba"、"mama"外4至8个不同的有意义的字，通过。

测查记录

年　月　日

项　目	结　果	分　值
项目1		
项目2		
项目3		
总分值		

12～15个月

发育评价填写说明

1. 将测查结果填写在"结果"栏内。能够按标准顺利通过，用"√"表示；未能按通过标准顺利通过，用"×"表示；虽然通过但不太顺利，介于上述两种情况之间用"△"表示。

2. 换算分值：符号"√"代表2分；符号"△"代表1分；符号"×"代表0分。将换算后的分值对应测试项目填写在"分值"栏中，最后计算出三个测试项的总分值，并填写在"总分值"一栏中。

分值解释

分值介于0～1分之间，您就需要特别关注宝宝在该领域的发育情况；分值介于2～4分之间，发育情况处于一般状态；分值介于5～6分之间，说明宝宝处于较好的发育状态。

大运动

1. 独立弯腰再站起

操作方法：地上放一小玩具，宝宝站在地上，让他捡起来。

通过标准：宝宝独立弯腰捡起，手不用撑住地面或其他支撑物，能恢复站立，通过。

2. 走得好

操作方法：观察宝宝步行情况，是否平稳，很少摔跤。

通过标准：步行自如，不左右摇摆，通过。

3. 过肩投掷

操作方法：让宝宝把球举过肩投出去，成人可先示范。

通过标准：有举手过肩动作，方向不一定准确，通过。

测查记录

年　月　日

项　目	结　果	分　值
项目1		
项目2		
项目3		
总分值		

精细动作

1．搭三层塔

操作方法：把方木放在宝宝面前的桌面上，鼓励他搭塔，搭得越高越好，最多试三次。

通过标准：能搭稳三块方木而不倒，通过。

2．能推或拉玩具车

操作方法：给宝宝一辆玩具车（可在宝宝的玩具车上拴一根绳子）。

通过标准：如果宝宝能拉着或推着玩具车玩，通过。

3．帮助翻书页

操作方法：将宝宝抱在腿上，拿一本宝宝读物与宝宝一起阅读，帮助宝宝把书翻到一半位置，让宝宝顺着方向翻下去。

通过标准：宝宝顺着方向将书页翻下去，通过。

测查记录

年 月 日

项　目	结　果	分　值
项目1		
项目2		
项目3		
总分值		

 社会性

1. 模仿做家务

操作方法：观察宝宝是否会模仿做家务，例如擦桌子或扫地。

通过标准：宝宝会模仿做任何一种家务动作，通过。

2. 做事时寻求帮助

操作方法：当宝宝遇到困难，比如拿东西，拿不到，会找其他人帮助。

通过标准：知道寻求他人帮助，通过。

3. 会用小勺

操作方法：吃饭时给宝宝一只小勺，观察宝宝怎样使用小勺。

通过标准：如能有意识用勺舀饭菜，努力往嘴里送，但不一定能送到嘴里，通过。

测查记录

年　月　日

项　目	结　果	分　值
项目1		
项目2		
项目3		
总分值		

 认知能力

1. 探视并取出小丸

操作方法：向宝宝展示手中的小丸，然后放入一个广口瓶中（或杯子）问："小丸呢？"

通过标准：宝宝能向瓶中探视，并试图伸手取出或倒出，通过。

2. 形状板转180°后将圆木放进圆洞

操作方法：让宝宝先把圆木从形状板中取出，把形状板水平转180°后，再放回圆洞。

通过标准：能独立完成，通过。

3. 自己握笔乱画

操作方法：给宝宝笔、纸，观察他怎么运用这些工具。

通过标准：宝宝可以握住笔乱画，通过。

测查记录

年　月　日

项　目	结　果	分　值
项目1		
项目2		
项目3		
总分值		

 语言能力

1. 会说10个词

操作方法：注意宝宝对特殊物件，人或动作常用哪些字来称呼。

通过标准：除了爸爸或妈妈外，倘宝宝至少会用10个特殊的词，通过。说出的词，不要求成人听懂，但每次说出这个词必须对应同一事物。

2. 指出书中一张画

操作方法：把一本画有动物、日用品等的图画书给宝宝看，让他按要求指一张画，如狗、鞋、帽子等。

通过标准：按要求指对一张画，通过。

3. 球：跟一个方向

操作方法：把球放到宝宝手中，对他说"把球给妈妈"。

通过标准：能给对一次，通过。

测查记录

年　月　日

项　目	结　果	分　值
项目1		
项目2		
项目3		
总分值		

15 ~ 18个月

发育评价填写说明

1. 将测查结果填写在"结果"栏内。能够按标准顺利通过，用"√"表示；未能按通过标准顺利通过，用"×"表示；虽然通过但不太顺利，介于上述两种情况之间用"△"表示。

2. 换算分值：符号"√"代表2分；符号"△"代表1分；符号"×"代表0分。将换算后的分值对应测试项目填写在"分值"栏中，最后计算出三个测试项的总分值，并填写在"总分值"一栏中。

分值解释

分值介于0～1分之间，您就需要特别关注宝宝在该领域的发育情况；分值介于2～4分之间，发育情况处于一般状态；分值介于5～6分之间，说明宝宝处于较好的发育状态。

大运动

1. 能向后退着走

操作方法：给宝宝示范如何退着走，之后要求宝宝退着走。

通过标准：宝宝能退两步或更多，通过。

2. 会上台阶

操作方法：观察宝宝如何上台阶。

通过标准：能迈步走上台阶，而不是爬行，通过。可以扶墙，但不许扶人。

3. 踢球

操作方法：在宝宝面前放一球，距宝宝15厘米，让宝宝踢，可以示范。

通过标准：宝宝不依靠任何物体，把球踢出，通过。踩在球上，扶物踏球、触球均不通过。

测查记录

年　月　日

项　目	结　果	分　值
项目1		
项目2		
项目3		
总分值		

 精细动作

1. 用方木搭4层塔

操作方法：让宝宝搭塔，越高越好，可示范。逐块给他，最多允许宝宝试3次。

通过标准：能搭稳4块方木而不倒，通过。

2. 翻书，每次翻2～3页

操作方法：抱宝宝一起看书，示范翻页。

通过标准：宝宝能自己翻两三页，通过。

3. 盖上瓶盖

操作方法：把瓶子和瓶盖拧开，同时放在宝宝面前，示意宝宝盖上瓶盖。

通过标准：能盖上瓶盖，不一定严密，通过。

测查记录

年　月　日

项　　目	结　　果	分　　值
项目1		
项目2		
项目3		
总分值		

 社会性

1. 用语言表达需要

操作方法：让宝宝说出他所要的东西。

通过标准：宝宝正确说出他所要的东西，通过。

2. 会脱外衣、鞋、小裤子

操作方法：通过成人对宝宝平日的观察，他能否脱任何一种衣物，例如外衣、鞋或短裤。

通过标准：除会脱帽、袜外，还能脱外衣，通过。

3. 在家里会帮助做简单的事

操作方法：宝宝是否会帮助成人做些简单的事，例如：把玩具放好或在成人要他取指定东西时能取。

通过标准：宝宝确实能用某种方式做些极简单的事，通过。

测查记录

年 月 日

项　目	结　果	分　值
项目 1		
项目 2		
项目 3		
总分值		

 认知能力

1. 模仿推"火车"

操作方法：把四块方木摆成一列火车放在宝宝面前，示范向前推并发kuku音，让宝宝模仿。

通过标准：宝宝能模仿成人向前推，不一定稳，通过。

2．看图画书能指认三四种东西

操作方法：给宝宝看画有动物、果蔬、日用品的图画书。

通过标准：成人询问，宝宝能正确指认三四种东西，通过。

3．会模仿画一笔

操作方法：将笔和纸放在宝宝面前，示范画一笔。

通过标准：宝宝能模仿画出来，通过。

测查记录

年　月　日

项　目	结　果	分　值
项目1		
项目2		
项目3		
总分值		

 **语言能力**

1. 会把两个不同的词语合起来

操作方法：观察宝宝能否连续说出两个或更多的词，以表达某一事物。

通过标准：倘宝宝能说由两个或多个词表达的事，例如"玩球"、"喝水"、"要吃奶"或"放下来"，通过。

2. 会说20个以上的词

操作方法：观察宝宝在生活中是否能说出20个以上的词，或者成人用"这是什么？""你要干什么"来引导，看他是否能回答出。

通过标准：宝宝能说出20个以上不同的词，通过。

3. 会用名字称呼伙伴

操作方法：游戏时，观察宝宝间的交流用语。

通过标准：能用伙伴的名字称呼伙伴，通过。

测查记录

年 月 日

项 目	结 果	分 值
项目1		
项目2		
项目3		
总分值		

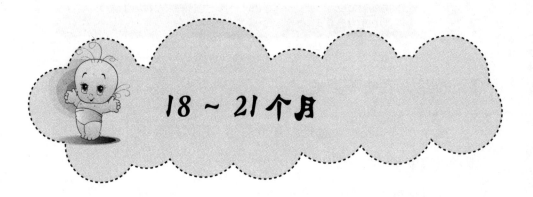

18 ~ 21个月

发育评价填写说明

1. 将测查结果填写在"结果"栏内。能够按标准顺利通过，用"√"表示；未能按通过标准顺利通过，用"×"表示；虽然通过但不太顺利，介于上述两种情况之间用"△"表示。

2. 换算分值：符号"√"代表2分；符号"△"代表1分；符号"×"代表0分。将换算后的分值对应测试项目填写在"分值"栏中，最后计算出三个测试项的总分值，并填写在"总分值"一栏中。

分值解释

分值介于0～1分之间，您就需要特别关注宝宝在该领域的发育情况；分值介于2～4分之间，发育情况处于一般状态；分值介于5～6分之间，说明宝宝处于较好的发育状态。

大运动

1. 想跳，但脚不离地

操作方法：观察宝宝是否有想跳起，但脚却离不开地的情形；或者为宝宝示范"怎么跳"。

通过标准：如有过，通过。

2. 单手扶栏上楼梯3阶

操作方法：在楼梯第4阶处放一玩具，引导宝宝去拿。

通过标准：宝宝一只手扶栏，两脚一阶连续3阶，通过。

3. 经示范，会踢球

操作方法：球约离宝宝15厘米，让他踢球，成人可先做演示。

通过标准：不扶物体能踢到球，不是用脚踩球，通过。

测查记录

年　月　日

项　目	结　果	分　值
项目1		
项目2		
项目3		
总分值		

精细动作

1. 搭6层塔

操作方法：鼓励宝宝用方木搭塔，越高越好，逐块给他，最多允许试3次。

通过标准：能搭稳6块方木不倒，通过。

2. 穿珠

操作方法：将珠和绳放在宝宝面前，成人示范穿珠，让宝宝照做。

通过标准：宝宝知道用绳对准珠孔，不一定成功，通过。

3. 将三块形木放进圆形、方形、三角形的洞里

操作方法：把三块不同形状的木块取出，成人示范后，让宝宝按形状放回。

通过标准：在成人指点下放入相应的洞中，通过。

测查记录

年　月　日

项　目	结　果	分　值
项目 1		
项目 2		
项目 3		
总分值		

社会性

1. 自喂撒得少

操作方法：平日观察宝宝用勺吃饭时撒多少。

通过标准：倘宝宝用勺吃饭时，很少撒出，通过。

2. 认识镜中自己的影子

操作方法：照镜子时指着镜中宝宝影像问宝宝：这个宝宝是谁？

通过标准：倘宝宝回答：我或自己的名字，通过。

3. 自己拉开拉链

操作方法：给宝宝脱衣服时，让宝宝自己拉开上衣的拉锁。

通过标准：自己能完成，通过。

测查记录

年　月　日

项　目	结　果	分　值
项目1		
项目2		
项目3		
总分值		

 认知能力

1. 将3块方木排成一列火车

操作方法：示范将3块方木排成一列"火车"，让宝宝自己排列。

通过标准：能够将3块方木排成一列"火车"，通过。

2. 转180°经指点将三块形木放回形状板洞中

操作方法：把3块不同形状的木块取出，然后把形状板调转180°，让宝宝按形状放回。

通过标准：能放入相应的洞中，通过。

3. 从瓶中倒出小丸

操作方法：把小丸放进瓶内，嘱宝宝取出，不要使用"倒"这个字，或告诉宝宝如何倒出小丸。

通过标准：倘不经示范，宝宝把瓶内小丸倒出，通过；直接把小丸倒入口中，或用手指拨出，不通过。

测查记录

年　月　日

项　目	结　果	分　值
项目 1		
项目 2		
项目 3		
总分值		

 语言能力

1. 听指令把东西分别放在三处

操作方法：给宝宝一方木，告诉宝宝每次放一个地方。

"把方木放在地面上。"

"把方木放在桌面上。"

"把方木放在椅子上。"

成人不要看着或指点着地面、桌面或椅子，以防暗示。

通过标准：放对了3种，通过。

2．会说3～4个字的句子

操作方法：能说出3～4个字组成的有意义的短语，例如"我喝水"、"妈妈抱我"、"我要苹果"、"妈妈快来"等。

通过标准：能说出两三句由3～4个字组成的有意义的短句，通过。

3．会用"我的"

操作方法：指着宝宝的玩具，问："这是谁的玩具？"

通过标准：宝宝能用语言回答"我的"，通过。

测查记录

年　月　日

项　目	结　果	分　值
项目1		
项目2		
项目3		
总分值		

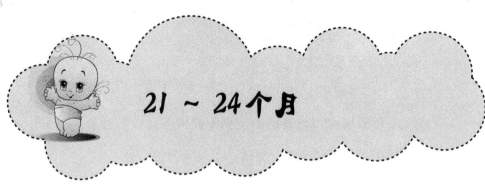

21～24个月

发育评价填写说明

1. 将测查结果填写在"结果"栏内。能够按标准顺利通过，用"√"表示；未能按通过标准顺利通过，用"×"表示；虽然通过但不太顺利，介于上述两种情况之间用"△"表示。

2. 换算分值：符号"√"代表2分；符号"△"代表1分；符号"×"代表0分。将换算后的分值对应测试项目填写在"分值"栏中，最后计算出三个测试项的总分值，并填写在"总分值"一栏中。

分值解释

分值介于0～1分之间，您就需要特别关注宝宝在该领域的发育情况；分值介于2～4分之间，发育情况处于一般状态；分值介于5～6分之间，说明宝宝处于较好的发育状态。

 **大运动**

1. 双脚跳起

操作方法：观察宝宝是否会用双脚离开地面跳起。

通过标准：如能双脚离开地面跳起，通过。

2. 独脚站片刻

操作方法：为宝宝示范独脚站立。

通过标准：宝宝能独脚站立片刻（不能扶物），通过。

3. 不用示范会踢球

操作方法：观察宝宝是否可以用脚把球踢出去。

通过标准：不经过示范，自己可以完成，通过。

测查记录

年　月　日

项　目	结　果	分　值
项目1		
项目2		
项目3		
总分值		

精细动作

1. 会一页一页地翻书

操作方法：抱宝宝一起看书，示范翻页。

通过标准：如果宝宝每次翻一页，连翻五六页，通过。

2. 盖紧瓶盖

操作方法：将瓶子和瓶盖放在宝宝面前的桌子上，鼓励宝宝把瓶盖盖好。

通过标准：宝宝能自己将瓶盖盖好、拧紧，通过。

3. 用手指握笔

操作方法：成人示范给宝宝看如何握笔绘画。

通过标准：宝宝能用拇指和其他手指握住笔，而不是全掌握住，通过。

测查记录

年 月 日

项 目	结 果	分 值
项目1		
项目2		
项目3		
总分值		

 社会性

1. 能玩需要交往的游戏，如捉人游戏

操作方法：观察宝宝能否与其他小朋友一起玩。

通过标准：若宝宝和其他宝宝游戏（例如玩捉迷藏，捉人等）时可以相互交替轮换，通过。若游戏时，追逐或打架，不通过。

2. 会洗手擦干手

操作方法：观察宝宝能否自己洗手并擦干双手。

通过标准：宝宝能自己洗手并擦干，通过。

3. 能用语言表达即刻体验

操作方法：观察宝宝能否一边玩一边与成人谈他正在做的事，

如"我在看书"、"我开车了"等。

通过标准：宝宝能主动与成人谈他正在做的事，通过。

测查记录

年　月　日

项　目	结　果	分　值
项目1		
项目2		
项目3		
总分值		

 认知能力

1. 搭火车

操作方法：给宝宝4块积木，让其搭火车。

通过标准：3块积木摆成一列为火车，1块积木当烟囱，通过。

2. 能指出身体的8个部位

操作方法：和宝宝玩"找一找"的游戏，如"找找找，你的小鼻子在哪里？"

通过标准：能找对身体8个部位，通过。

3. 模仿画圆圈

操作方法：示范给宝宝画圆形，不说出圆的名称，让宝宝模仿画出。

通过标准：画出不一定闭合的或螺旋状的圆形，通过。

测查记录

年　月　日

项　目	结　果	分　值
项目1		
项目2		
项目3		
总分值		

语言能力

1. 说出四五个词

操作方法：宝宝能否连续说出四五个或更多的词，以表达某一事物。

通过标准：说出四五个或更多的词表达某一事物，通过。

2. 说出图片上物体的名称

操作方法：成人指着图片上的物体，问宝宝："这是什么？"不连续指问10张。

通过标准：宝宝说对任何一张图片上的物体名称，通过。倘宝宝说出事物的别名，符合这图片上相同的事物，通过。如发出动物的叫声，不通过。

3. 说出书中人物或动物的动作

操作方法：成人拿动物或人的动作图片指给宝宝看，并问宝宝："小狗在干什么？"

通过标准：5个问题，宝宝能答对3个以上，通过。

测查记录

年　月　日

项　目	结　果	分　值
项目1		
项目2		
项目3		
总分值		

2岁～2岁半

发育评价填写说明

1. 将测查结果填写在"结果"栏内。能够按标准顺利通过，用"√"表示；未能按通过标准顺利通过，用"×"表示；虽然通过但不太顺利，介于上述两种情况之间用"△"表示。

2. 换算分值：符号"√"代表2分；符号"△"代表1分；符号"×"代表0分。将换算后的分值对应测试项目填写在"分值"栏中，最后计算出三个测试项的总分值，并填写在"总分值"一栏中。

分值解释

分值介于0～1分之间，您就需要特别关注宝宝在该领域的发育情况；分值介于2～4分之间，发育情况处于一般状态；分值介于5～6分之间，说明宝宝处于较好的发育状态。

大运动

1. 双足并跳

操作方法：可先示范，让宝宝跳起来。

通过标准：只要双脚离地，向前跳出，与原地有距离就算通过。

2. 独脚站

操作方法：不扶物，用任何一只脚独脚站1秒钟，可以示范。

通过标准：独脚站1秒钟，通过。

3. 骑小三轮车

操作方法：可观察及询问。

通过标准：在平地上向前骑三米左右，通过。

测查记录

年　月　日

项　目	结　果	分　值
项目1		
项目2		
项目3		
总分值		

 精细动作

1. 搭9层塔

操作方法：把方木放在宝宝面前的桌面上，鼓励他搭塔，最多试3次。

通过标准：能搭稳9块方木不倒，通过。

2. 折纸有边角

操作方法：和宝宝一起玩折纸游戏，观察他折的作品。

通过标准：如宝宝的折纸有边有角，通过。

3. 会模仿画垂直线和圆圈

操作方法：给宝宝纸张和笔，为他示范画垂直线和圆圈。

通过标准：如宝宝能模仿画出垂直线或者闭合的圆圈，通过。

测查记录

年　月　日

项　目	结　果	分　值
项目1		
项目2		
项目3		
总分值		

 社会性

1. 能容易地与母亲分开

操作方法：妈妈离开，让宝宝和一不太熟悉的人留在室内，看宝宝如何反应。或带领宝宝离室，而不由妈妈领着，看宝宝的反应。

通过标准：倘宝宝不烦躁，通过。

2. 会穿短袜、鞋或小裤

操作方法：观察宝宝能否穿上自己的衣服，例如短裤、短袜或鞋。

通过标准：倘宝宝能穿上自己的衣服，通过。穿鞋不要求系带或左右脚穿对。

3. 听到音乐能跳舞

操作方法：播放宝宝熟悉、喜欢的音乐。

通过标准：宝宝听到音乐能自发跳舞，并表现合拍，通过。

测查记录

年 月 日

项 目	结 果	分 值
项目1		
项目2		
项目3		
总分值		

认知能力

1. 模仿搭桥

操作方法：在搭桥过程中，成人叮嘱宝宝仔细看着。用3块方木搭出一个"品"字形的桥，然后给宝宝3块方木嘱他照样搭桥，成人搭成的桥留在宝宝面前，让宝宝模仿，不得指出桥孔。

通过标准：倘宝宝能搭出和成人相仿的桥，通过，倘下边两块方木互相接触着，便问宝宝："你的桥搭得像我的吗？"倘宝宝不能改正过来，不通过。注意：不得暗示宝宝改正其错误。

2. 认识两三种颜色

操作方法：观察宝宝是否能认识两三种颜色，可以问宝宝："哪个是黄色的"等。

通过标准：如果宝宝能正确认出两三种颜色，通过。

3. 大小长短及数的概念

操作方法：拿出大小不同，颜色、形状相同的方木、皮球、杯子，要求宝宝将大的方木、小的杯子、大的皮球分别拿出来。

通过标准：三样物品拿对两样，通过。

186

测查记录

年 月 日

项 目	结 果	分 值
项目1		
项目2		
项目3		
总分值		

 语言能力

1. 重复6个字的句子

操作方法：成人说出一句话，包含6个字，让宝宝重复说出。

通过标准：能照样说出6个字，通过。

2. 说出姓名

操作方法：问宝宝："你叫什么名字？"

通过标准：说出他的姓名，使人听得懂，通过。

3. 能用比较完整的句子表达一件事

操作方法：观察宝宝在生活中都会说些什么。

通过标准：如能用比较完整的句子表达自己的意思、需求，通过。

测查记录

年　月　日

项　目	结　果	分　值
项目1		
项目2		
项目3		
总分值		

2岁半～3岁

发育评价填写说明

1. 将测查结果填写在"结果"栏内。能够按标准顺利通过，用"√"表示；未能按通过标准顺利通过，用"×"表示；虽然通过但不太顺利，介于上述两种情况之间用"△"表示。

2. 换算分值：符号"√"代表2分；符号"△"代表1分；符号"×"代表0分。将换算后的分值对应测试项目填写在"分值"栏中，最后计算出三个测试项的总分值，并填写在"总分值"一栏中。

分值解释

分值介于0～1分之间，您就需要特别关注宝宝在该领域的发育情况；分值介于2～4分之间，发育情况处于一般状态；分值介于5～6分之间，说明宝宝处于较好的发育状态。

大运动

1. 跳远

操作方法：在地上放一张白纸，大人示范跳过纸面，纸宽约21厘米。

通过标准：宝宝双足跳过约21厘米宽的距离，不踩纸，通过。

2. 一步一阶上、下楼梯

操作方法：让宝宝自己上、下楼梯。

通过标准：像成人那样一步一个台阶熟练地上、下楼梯，不顿足，通过。

3. 单脚站2秒

操作方法：成人示范不扶物独脚站立，宝宝照样做。用手表计时，可试3次。

通过标准：宝宝能用任意一只脚独脚站立2秒或更多，3试2成，通过。

测查记录

年　月　日

项　目	结　果	分　值
项目1		
项目2		
项目3		
总分值		

 精细动作

1. 能用胶棒粘贴图片

操作方法：给宝宝胶棒和一些小图片，并为他示范怎样将胶涂在图片上，再粘到纸上。

通过标准：宝宝能涂胶，再贴在纸上，不一定工整，通过。

2. 25秒钟内将10粒小丸放入瓶中

操作方法：将10粒小丸和小瓶放在宝宝面前，示意宝宝快速将小丸装入瓶中，并用秒表记录时间。

通过标准：25秒钟以内装入10粒小丸，通过。

3. 试用剪子剪

操作方法：将剪刀和白纸放在宝宝面前，成人示范剪纸，鼓励宝宝尝试。

通过标准：会张开、合上剪子，尚不能剪开纸，通过。

测查记录

年　月　日

项　目	结　果	分　值
项目 1		
项目 2		
项目 3		
总分值		

社会性

1. 在协助下穿衣

操作方法：观察宝宝能否自己穿衣服。

通过标准：倘宝宝能穿上和脱下衣服，懂得区别衣服的前与后，能扣纽扣（不要求系鞋带和扣正纽扣），通过。成人可在旁用语言来指导他，但不得动手帮助。

2. 会和小朋友一起玩游戏

操作方法：观察生活中宝宝是否能和小朋友一起玩些游戏，如开汽车、踢球等。

通过标准：成人观察平日中宝宝能做到，通过。

3. 懂得先后顺序

操作方法：与小朋友或成人玩时，知道先后顺序。

通过标准：宝宝懂得排队，通过。

测查记录

年 月 日

项 目	结 果	分 值
项目1		
项目2		
项目3		
总分值		

 认知能力

1. 模仿玩简单拼图

操作方法：成人示范玩3片左右的拼图，让宝宝照着拼出来。

193

通过标准：宝宝能比划着拼图，偶有错误，通过。

2. 比长短

操作方法：把长、短两条平行线指给宝宝看，问他："哪根线长些？"在宝宝指出他认为长的线以后，把平行线倒转过来，再问他，必须做3次。

通过标准：3试2次指出较长的线，通过。

3. 重复4位数字，3试1成

操作方法：成人对宝宝说："我说几个数，你跟我说。"

通过标准：能复述出来，3试1成，通过。

测查记录

年　月　日

项　目	结　果	分　值
项目1		
项目2		
项目3		
总分值		

语言能力

1. 会用代词—你、我、他

操作方法：注意宝宝平时是否使用代词。

通过标准：正确使用你、我、他，通过。

2. 理解冷、累、饿

操作方法：检查者询问宝宝下列问句，每次一句。

① 你累了怎么办？（去睡觉，坐下，休息）

② "你冷了怎么办"？（穿衣，进屋，点起火炉）

（倘回答："咳嗽"，"吃药"或涉及感冒，不通过，因为他不懂得所问是什么）

③ "你肚子饿了怎么办？"（吃，吃早饭，要东西吃）

通过标准：提问3次2次回答合理，通过。

3. 说出性别

操作方法：问宝宝（男孩）："你是男孩还是女孩？"问女孩："你是女孩还是男孩？"

通过标准：宝宝能准确说出，通过。

测查记录

年　月　日

项　目	结　果	分　值
项目1		
项目2		
项目3		
总分值		

附　录

姓名：

出生年月：

性别：

　　　　　　　　　　　测评人：

测评记录表

0～1岁

测评日期	测评时宝宝的实际年龄	大运动	精细运动	社会性	认知能力	语言能力	总分
年　月　日	岁　月　天						
年　月　日	岁　月　天						
年　月　日	岁　月　天						
年　月　日	岁　月　天						
年　月　日	岁　月　天						
年　月　日	岁　月　天						
年　月　日	岁　月　天						
年　月　日	岁　月　天						
年　月　日	岁　月　天						
年　月　日	岁　月　天						
年　月　日	岁　月　天						
年　月　日	岁　月　天						

1～2岁

测评日期	测评时宝宝的实际年龄	大运动	精细运动	社会性	认知能力	语言能力	总分
年 月 日	岁 月 天						
年 月 日	岁 月 天						
年 月 日	岁 月 天						
年 月 日	岁 月 天						

2～3岁

测评日期	测评时宝宝的实际年龄	大运动	精细运动	社会性	认知能力	语言能力	总分
年 月 日	岁 月 天						
年 月 日	岁 月 天